夢追い人生

中川あさ

文芸社

夢追い人生——もくじ

第一章　明日は雨と思え

父の死

位山上るもくるし老いの身は麓の里ぞすみよかりけり　〈徳川光圀〉

歴史上有名な水戸光圀の退隠した西山荘の在所、常陸太田は、私の故郷である。

昼下がりの下校途中、小さな川で水遊びをしていた。隣の小父さんが、川上の橋の上から大きな声で私の名を呼んだ。「早く、急いで」とあわてている様子。

私は子供心に、これは只事ではないと直感した。

私は小父さんの自転車の後ろに乗せられて急いだ。走りながら道端に咲いている白い小さな野菊の花を無心に見ていた。

世界恐慌の影響で米価が大暴落、農村窮乏が深刻となった昭和五年のことである。

その時私は十歳だった。

父は死んだ。享年四十二歳、厄年であった。

五人の子を抱えて、三十八歳の母は未亡人となった。美しい人であったから、哀れも一入《ひとしお》であった。当時は、寡婦となっても再婚する人は少なかった。「後家に花咲く（女やもめに花が咲く）」と言われた時代である。

母は親戚縁者のほかは、他人を絶対家に入れなかった。近所の人、特に男の人が訪ねてきても、門の所で立話をして用事を済ませていた。

いつも心を引き締めて身構えているのが、幼い私たちにもわかった。私たちも母に心配させぬように何かと気を配った。学校に行っても、また家に帰って近所の子供たちとの遊びの中でも、相手に気遣って、一歩譲り、少々自分に分が悪くても我慢の子であった。

生活に不自由はなかったが、父の無い子は寂しかった。

その生い立ちが今も私の心の中に深く根付いている。

私は老いの坂を過ぎて最近家にいることが多くなった。近所の人が用事があって訪ねてきても、鉄扉の所で立話をして用を済ませていることに気が付いた。

「三つ子の魂」とはこのことであろう。私は七十年も前の母と同じ仕草をしていることに思いあたったのである。

父が亡くなって三カ月ほど過ぎたある日のこと。学校から帰ってみると、上がり框《がまち》に黒い革靴がきちんと揃えてあった。当時革靴など村ではめったに見られない珍しい物だった。大事なお客様らしく、母は丁寧な言葉で話をしている。私は縁側の隅にそっとカバンを置くと、遊びに行ってしまった。

来客は母の従兄弟に当たる分家のおじさんで、東京日本橋の税務署長をしている立派な人だった。若くして未亡人となった母を心配して、次女の私を養子として引取りたいとの申し出だったそうである。おじさんが学校に行って先生から聞いた話では、私は成績も良く、性格はおとなしく、素直ないい子だと褒めていたと言うのである。

「私ども夫婦が責任を持って大切に育てたい。本人の希望は何でもかなえさせてやりたい。大学までも教育します」と、熱心な話であったそうである。

母は「親切な心遣いは有り難いことですが、あの子は見かけによらず芯がしっかりしていて、先生が言われるほどいい子ではない。育てにくいと思うので、ご迷惑をかけることがあってはいけないから、このまま私の手元で育てたいと思います。この話はなかったことにして下さい」と、即座に丁重に断ったということである。当事者である私に一言の相談もなくである。

この話は随分後になって母から聞いたことであるが、その時の母の決断は実に正解であったと、私は今でもしみじみ思う。

十歳の田舎育ちの小娘が、東京日本橋に行って、初めのうちはしおらしくいい子ぶっていても、長続きはせず、本性を現すだろう。「私はお嬢様はやってられない」と家出をして、養父母に迷惑を掛けたり、実家にも帰れず母に心配を掛けたり、泣かせたりしたかもしれない。親戚中の笑い物にもなり兼ねないことであった。

「貧しさに耐え、忍耐と根性で頑張りました」の人生こそ私らしい生き方だったと満足している。

母の家

子供の頃、私は母に連れられて祖父の家に行くのが楽しみだった。

母の生家は山を背にした高台にあり、広い屋敷の下には小さな清流があった。小魚をすくったり、小さな沢ガニをつかまえたり、夏には流れを堰止《せきと》めて泳いだりもした。そこには私たち母子の住んでいる町にはない楽しさがあった。いつも周りには大勢の従姉妹たちがいた。桃の木、柿の木、柚子の木など、樹木も多く、裏には栗の大木が沢山生い繁っていた。

夏の夜には広い庭で星を見ながら、手作りの露天風呂に入って騒いだりして、風流なところもあった。

母方の本家に泊まっていると、分家から従姉妹が迎えにきて「今夜はどうぞうちへお泊まりなんせ」と親切にもてなされた。

分家にある大きな囲炉裏には、伯父が自慢の投網でとった川魚が沢山竹串に刺して焼いてあった。

祖母はすでに亡くなっていたが、若くして子持ちの未亡人となった母を不憫に思い、伯父、伯母が何かと気遣って面倒をみてくれたようである。

これまで言い尽せぬほどいろいろあったけれど、苦しい時も辛い時も耐えてきた根性と忍耐の精神の原点は、めぐまれた自然環境と温かい人情に育《はぐく》まれつつ、女手ひとつで育てられたことにあったと思っている。

自分のことは自分で判断して納得したうえで何事も行う。これは母から躾けられてきたことによるものだと思っている。

母親は、私の人生最初の教師である。母は働き者で愚痴を言わず、心の広い、我慢強い人であった。「明日は雨と思え」が口癖だった。「明日は雨かも知れないのだから、今日の事は今日のうちにするものだ。又、女の子はいつも針と糸を身近において、ほころび、釦《ぼたん》付けなど手早く心掛けるものだ」と教えられた。

不思議なもので、今でもこの習慣が身についていて、何事によらず気がつけばすぐ片付けないと気のすまないところがある。

一枚の履歴書

意外なことから運命が決まるのも、不思議なことである。就職も結婚も出会いから始まる。

昭和初期の不況から立直りの見えはじめた昭和九年の春、私は尋常高等小学校を卒業した。

当時は、しかも田舎のことだから、卒業しても、家事手伝いか見習い奉公が多かった。就職の話は珍しかったので、先生も履歴書の書き方を教えなかった。卒業も間近い一月、H社の募集広告を新聞でみた。

私は父方の叔父を訪ねて履歴書の見本を書いてもらった。達筆な叔父の履歴書を手本として、必死に練習を重ねたうえで、しっかり清書して提出した。梅の花は咲いていたが、まだ肌寒い二月の末、面接通知が届いた。

就職試験は朝九時から始まった。応募者多数のため、口頭試問、作文など、時間がかかり、身体検査は午後になった。

残る人数も少なくなって私の順番がきたとき、隣の面接官室から、大きな声で話をしているのが聞こえた。

「履歴書は自筆のこととなっているのに、子供が書いたにしては上手過ぎる。親か先生に書いてもらったのだろう。身体検査が済んだら、本人を呼び出して、ここで書かせるように」と言っているのだ。

間もなく呼び出された私は、紙と筆を用意され、面接官五人の前で臆せず書いてみせたのである。

学歴もない十四歳の少女には、採用されたとしても、女工の道しかないと思っていたが、幸運にも技術部設計課に就職が決定して、入社することができた。

ここで製図の技術を習得したことにより、以来経験者として採用されてきたのである。

結婚してからも、生活のため、子供の教育のため、更に夫の研究を助けるために、大きな糧《かて》となった。

私の運命を決めた一枚の履歴書の思い出である。

自分が働いて初めて貰った給料は、手を付けず母に渡すものと心得ていたのであるが、自分の意志で何のためらいもなく呉服店に入り、給料をはたいて黒地の絽の羽尺《はじやく》を買って帰った。十四歳の時のことである。

受け取った母は、喜びもせず押し黙ってしまったのだった。しばらく俯いていたが、

「自分の物が欲しい年頃なのにどうしてこんな気遣いをするのか、子供らしくない」

と叱言《しつげん》された。しかしそれには深いわけがあった。

毎年のことであったが、盆になると母の実家では八十歳を過ぎている祖父を囲んで、七人兄弟六組の夫婦が、黒い絽の羽織を着て、特別の膳につくのだった。母だけが着ていないのを見ていた私には、子供心にも「今年の盆には着せてやりたい」という切なる思いがあったのである。

上京

昭和十三年になると国内戦時体制強化のために国家総動員法が制定され、軍需品を優先して代用品（合成繊維スフ、竹製スプーン等々）の時代がはじまり、自動車のガソリンが切符制となった。前年には盧溝橋事件が起り、日中戦争がはじまっていたのである。町では「支那の夜」「雨のブルース」といった歌が流行していた頃のことである。

〽海山幸を集めたるここに自然の霊地あり
　帝都の道も半日の鉄路安けき旅にして

これがH社の工場歌である。

勤めの帰りに海岸の砂浜を裸足で走ったり、潮干狩りをしたり、日曜日の朝は早起きして、太平洋に昇る日の出を拝んだりした。山には季節の花が咲き、山菜がとれたり、自然にめぐまれた職場であった。

厚生施設も充実していて、図書館に行けば読みたい本は、いつでも読めた。チェーホフの『かもめ』や『桜の園』などをはじめ、実によく読んだものである。

その頃の私は、海綿にしみ込む水のように知識を吸収していった。

しかし同時に私の中で、めぐまれた職場にも生活にも満たされないものが生まれていた。内海《うちうみ》にひっそり浮かぶ白帆の平和よりも、外海を駆けめぐってみたいという野望があった。新聞記事で見た国会の速記者にあこがれていたのだ。

折も折、かつての同僚T女から一通の手紙が舞い込んだ。

結婚のため退社するので、上京の意思があれば代りに来てほしいと書いてあった。渡りに船とはこのことであろう。私は早速、面接のために上京した。

昭和十三年夏のことである。

会社は京浜線の大森海岸駅近くにあった。海沿いには、立派な料亭が建ち並んでいた。

胸のポケットから金時計のくさりをのぞかせ、年齢は四十半ばの恰幅のよい専務に紹介された。日焼けした私を見るなり、

「元気そうですね、海の香りがするようだ。Tさんの紹介だから、テストはいらない。明日からでも来て下さい」

とあっさり採用と決まった。K社という発電機をつくる会社で製図の仕事をすることになった。

T女と同等の扱いなのか、給料は破格で、思いもかけぬH社の二倍と決まった。当時の大学出のサラリーマンの初任給を上まわっていたと覚えている。

「ところで住居《すまい》は」

と聞かれて返事に困った。

全くあてがなかったのである。

その時、立会っていた課長が、

「私の家は蒲田で、通勤には便利だし、家も広いから、よかったらどうぞ」

と言ってくれたので、ご厚意に甘えることにした。

専務も、友人も「よかったね」といった具合に、とんとん拍子に事が進んだ。

行儀見習いとして、御屋敷奉公をしている姉に電話をした。私の突然の上京に驚き、急ぎ品川区南高輪から駆けつけた。品川駅の京浜デパートで久しぶりの対面である。ケーキを食べながら、上京の理由を話し、就職も住居も決めてきたことを話した。姉は「給料も高すぎるし、あまり話がうますぎる、だまされているのではないか」とひどく心配した。

まだ東京は「生き馬の目を抜く」といわれた時代である。

「大丈夫よ、渡る世間は鬼ばかりではないわ」

と自信たっぷり、チャッカリしたものである。それは世間知らずの若さだけではなく、専務、課長、友人との出会いの瞬間に直感した、信頼からのものであった。私は人の心をよみとる術《すべ》を心得ていたのである。

下宿の家

就職先は決まったものの、親戚もない東京で生活を始めたのは、勤務先の京浜蒲田にある課長宅で、家族は明治生れの六十歳の老父と、奥さんと、六歳と四歳の二人の男子の五人家族である。

一家はそろってお人好しというか、田舎出の私に親切にしてくれた。食事も家族と一緒にすることになり、私も素直に家族の一員となった。

子供たちもお姉ちゃん、お姉ちゃんと言って、すぐになついてくれて、可愛いと思った。

奥さんは暢気《のんき》なところがあり、朝の食事の支度もゆっくりのんびり屋さんであった。みかねた私は、特にかってでたわけではないが、ごく自然にお勝手を手伝うようになった。

「お姉ちゃんは働き者で気が利いていて、私本当に助かるわァ」

二人の子持ちとは思えない若い奥さんは、陽気な人だった。

おじいちゃんの話によると、自分は三十代で女房に死なれた。課長が四歳のときからやもめ暮らしだったので、早く結婚させたという。奥さんは娘の頃、おじいちゃんが経営していた縫製会社の縫子さんだったそうである。

息子が見初めて「好きだ」というので、まだ学生の身であり早いとは思ったが、結婚させたと言った。長い間の父子家庭では、早く女手が必要であったのも当然なことであったろう。二人は夫婦というより仲の良い兄妹のように見えた。

おじいちゃんは白髪混じりで、顔立ちはいかつい感じだったが、気質は職人肌というか、物わかりが良く、とても親切な人だった。

「お姉ちゃんは東京が初めてだから」と言って、毎週日曜日になると東京見物に連れていってくれた。

今にして思えば、若い夫婦も子供連れでよく出かけていた。今日は大森海岸に舟釣りに行こう、今日は遊園地に行こう、今日は高尾山にハイキングなどと、日曜日毎に出かけていた。当時は京浜蒲田から中央線高尾駅は遠い所に思えたものである。

おじいさんの作戦はこうである。

「今日はみんなお出かけか、気をつけて行ってこい」と機嫌よく家族を送り出す。見送るとすぐ「お姉ちゃん早く出かけよう」と私を誘うのである。いずれ子供連れの夫婦のことだ、帰りは遅くなるに決まっている。一足先に帰って何くわぬ顔で、「お帰り、楽しかったか、疲れたろう」と言って迎えればいいというのだ。この手で二人は出かけていたのだ。

おじいちゃんは明治神宮、靖国神社、銀座、浅草と、広い範囲を案内してくれたが、特に浅草の寄席が大好きだった。

電車賃、弁当代、観劇料金、すべて自分持ちでご馳走してくれた。始めは見るものすべて珍しく楽しかったが、私も年頃の女である。少々気になることもあって、

「見物はもうたくさんだから、これからはご遠慮する」

と、おじいさんに言った。

するとし、

「お姉ちゃんはお勝手をよく手伝ってくれるし、お料理も上手、食事が今までよりずっとおいしいので助かっている。遊びに出かけるのはお礼心だから気にすることはない、俺も楽しいんだよ」

と言った。また、

「お姉ちゃんは俺が男だから下心があって親切にしていると思っているかも知れないが、俺は心配ないよ。三十代の若い時に女房を亡くしたので淋しかった。お金もたっぷりあったので、四歳の息子を連れて当時吉原通いをしたものだ。うちの息子なんか四歳のときから吉原通いよ。芸者が子供を珍しがって可愛がってくれたものさ。長いこと芸者遊びを派手にやった。若い時さんざん道楽したので、今となっては色気なしよ」

と言って笑うのだった。

塾通い

上京以来三カ月が過ぎて、勤めも生活にもなじんできたので、私は国会の速記者をめざして塾に通うことにした。四十代半ばの先生は国会に勤める現役の速記者であった。

場所は京浜線八丁畷《はっちょうなわて》駅から歩いて十分程の所にあり、自宅の応接間が教室になっていた。男女合わせて五人の仲間が、夕刻七時から九時までの二時間、しっかり真面目に勉強した。

速記文字を覚えることから始まり、一分間何千字という速さで書くのである。先生は時計を見ながら議事録を読む。昔のことで記憶も定かでないが、当時は西園寺《さいおんじ》公望《きんもち》の議会発言が多かった。「然《しか》り而《しこう》して何々でありまするが」とか、「ありまするからして」などと、毎日毎日書くのである。

当然のことであるが、速記文字を文章になおして書くのも勉強であった。

あたりは京浜工業地帯というか、風紀の悪いところと聞いていたから、行きはともかく、帰りは緊張してせっせと歩いて帰った。舗装されていない砂利道である。四メートル道路といっても両側は背丈以上にも生い繁った桑畑で、その間の道は狭くて暗かった。

ある日、遂に恐れていたことが起きた。

「おねえちゃん」

と、桑畑から飛び出した男が、私のカバンをムンズとつかんだ。私はそのカバンを手離して捨て、必死に駅の灯をめざして走りに走った。無言であった。「助けてェ」と叫んだところで、桑畑が長くつづいているだけで、人通りのない道である。

もしあの時肩にでも手がかかっていたら、と思うとゾッとした。カバンで良かった。捨てて逃げてよかった。そのときの私は十九歳の若さであった。ただ恐ろしかった。

その日以来、カバンと一緒に、速記者になる夢も希望も捨ててしまった。それは一つの人生の分かれ道となった。

そのあきらめこそが、今の人生につながる。

第二章　めぐりあい

私の選んだ夫

昭和十五年に入ると、米、みその食料を始め、マッチなどの生活必需品までが切符制になり、隣組が全国的に組織される。「ぜいたくは敵だ」が合言葉の時代であった。

「今日は英霊が前の海岸通りを通過するので、会社の事務所のガラス窓はカーテンを閉めるように、また、二階の窓からのぞき見などはつつしむこと」といったような注意が度々されるようになった。

「戦争はこの先どうなるのだろうか」

と心配顔で言う人もいた。

「馬鹿者、滅多なことを言うな、気を付けてものを言え」

と言い合うような時代であった。

会社の従業員は五十人程で少なかったが、F電機とT電機からの腕利き職工さんや技術者の引き抜きが多かったので、現場はそれぞれ二派に分かれていた。

設計室は私を入れて六人だった。私はT電機組の課長宅に同居の身であったから当然T組といってよかった。

そこにたった一人F電機組の人がいた。その人の名は中川といった。彼は京浜鶴見駅から通勤していたようである。几帳面な性格なのか、早く出勤していて、始業時間三十分前には席に着いて勝手に仕事を始めているのである。

私は課長宅から早めに出社して事務室の掃除などをしていて、このことを知っていたから一日おいていた。その年、夏のボーナスが出た。次の日、設計室T電機組の課長以下四人が欠勤した。羽目を外して飲み歩き、二日酔いのためである。専務の立場からしてみれば、「ボーナスを出しすぎたかな」と苦々しく思ったことであろう。

ところがF電機組の彼はただ一人、いつもと変わりなく出勤しているのである。

そのことがあってから、無口で小柄、真面目だけが取り柄のこの人には「何かができる」「人生を共に生きて、この人にかけてみよう」との思いが募ったのだった。季節に花が咲くように、私も年頃、結婚を考えるようになっていた。

私の心を知ってか知らずか、

「君、結婚するなら、中川君のような夫《ひと》がいいよ」

と専務が言った。


その年の暮れ、私は会社を辞めて帰郷した。十四歳の時から働き続けてきた娘のために、「母子でゆっくり暮らしもしたい。料理、裁縫なども人並みに身につけさせて、嫁にやりたい」という母のすすめがあったからである。

そのとき覚えた裁縫と料理は、物不足の時代から今に至るまで大変役に立った。その母心に今も心から感謝している。

結婚

昭和十六年四月、国民学校が発足し、十月に東条内閣が成立した。物不足、買い占め、売り惜しみが横行した時代である。女性はみんなモンペ姿になり、衣類も切符制となった。

昭和十六年十二月八日、大平洋戦争が始まった。

その十日後に、私たちは結婚した。

ラジオは朝から軍艦マーチが鳴り響いて、戦時色の濃い人生の旅立ちであった。

物資不足の時代であったが、当時としては珍しい姿見鏡台（どう工面して手に入れたのか？）は姉からの祝い品。

新世帯には大きすぎる木製の円卓は兄からの贈り物で、将来子供が二、三人生まれてもいいように、来客があっても重宝するし、長く円満に暮らすようにとの理由があったようである。大きな木製の盥《たらい》は母からのもの。これは、赤ちゃんの産湯にも使える。銘仙、木綿の絣《かすり》などの着物をなおしたモンペ数着、これらが嫁入り道具のあらましである。中でも貴重な大物の桐の箪笥は、親戚一同からのものだったように記憶している。

新居は京浜線生麦駅から十分程で、海が見える高台の高級住宅街の一角にあった。アパートといっても、上下二軒つづきの木造家屋で、玄関も台所も広く、六畳と四畳半の新しい建物であった。近くに住む義兄の子が、通学の途中とてもきれいな新築の家が建ったといって見つけてくれたそうである。

時節柄、防空訓練が町内単位で度々行なわれた。

隣組長は陸軍将校の留守宅で、古いが風格のある立派な門構えであった。玄関に飾られた鹿の角には、大振りの日本刀がかけられていて、上品な奥様の応対にも格式が感じられた。

隣組は十三軒であったが、防空演習にはいつもお手伝いさんが奥様の代理で出席するといった貫禄のある家構えが並んでいた。新しい木造アパートは、落着いた雰囲気の高級住宅街には調和を欠いているように見えた。

新婚といっても戦時下のことである。私も勤めることにした。勤務先は目蒲線下丸子駅から歩いて十分程の所にある理化学工業という軍需会社であった。

特殊な企業の故か、殆どが男性社員であった。社風というか会社全体が格調高いムードで、女子社員は、四、五人と少なかった。私を除いて特に選ばれた女性のように見えた。中のひとりは家柄も品もよく、控えめで美しい人であった。学習院出身で、才媛といわれていた。その頃の私は、その女性に逢えることが出社の楽しみの一つになっていた。

待遇も良く、昼は社員食堂で給食があって、当時としては珍しくめぐまれた職場であった。仕事以外にもいろいろ学ぶことが多かった。

その職場も夫の転勤のために辞めることになった。

ある日アパートの大家が訪ねてきた。時節柄T社の工員寮になるので、立退いてほしいとの申し出があった。条件としては、半年分の家賃を返すというのである。家賃は一カ月二十円であったから、約束通り百二十円が戻ってきた。丁度その時期、夫の会社が工場疎開のため埼玉県熊谷市に移転する時と重なったので、好都合であった。

住み慣れたアパートを去るに当って、私は大家から返してもらった百二十円を十円ずつ十二枚の封筒に分けて入れた。組長宅から始まり隣組を挨拶して回った。

「私は勤めていたので、隣組の義務である消火訓練にもバケツリレーにも十分参加できなかったことをお詫びします。一年間本当にお世話になりました。この度主人の転勤のために移転することになりましたのでご挨拶に参りました。これはお礼のしるしです」

と言いながら、封筒を渡して回った。

この話を聞きつけて、近所に住む義姉が、

「貴女大層なことをしたそうですね」

と意地悪そうに言った。あきれたものだといわんばかりである。さらに付け加えて、

「大家の畳屋さんが、この土地で何十年も商売をしてきたが、こんな女を初めて見た。大したものだとほめていたわよ」

と、皮肉と嫌味をないまぜにしたような不機嫌な顔をした。

その頃二十二歳の若さであった私には、義姉の気持ちが理解できなかった。三人の子持ちであり、公務員の夫の給料でやりくりしていたことを思えば「若いくせに生意気だ」と思ったのであろう。当時の百二十円は大金であり、小さな家なら買えた頃のことである。

今にして思えば、受け取った奥様方も、理解に苦しむ、腑に落ちないといった顔をしていたような気もするのである。しかしその時の私は、主婦の立場として当然なことをしたのだと真実そう思っていた。

昭和十八年に移転した埼玉県熊谷市は、古くから生糸の町であった。製糸工場が軍需工場に変わったので、私たちもそこに転勤、移住したのである。陸軍飛行学校も近くにあった。

その年の五月、アッツ島の日本守備隊が全滅した。九月、イタリアが連合軍に降伏した。「撃ちてし止まん」という標語が合言葉となり、学生もペンを銃に持ち替えて出陣する悲愴な時代であった。

熊谷に引っ越して半年が過ぎた真夏の暑い昼下がり、見知らぬ人が我が家を訪ねてきた。私は十月に出産予定の長男を身籠っていたので、目立ちはじめた大きなお腹を気にしながら用件を聞いた。川口市の鋳物会社の名刺を私に渡しながら、その人は、

「実は社用でこれを届けにきました」

と言って、分厚い「のしぶくろ」を差し出した。そして一寸声をおとして、

「会社でご主人に渡す筈であったが、頑として受け取らないので困っています。ほかの二、三人は快く受け取ってくれたのに、このままでは私は社に帰れないので、どうしても貴女に受け取ってもらいたいのです」

と、しきりに懇願されたが、私は受け取らなかった。

その頃夫は若かったが、会社では外注検査仕入担当の役職にあった。

「申訳ありませんが働いているのは主人です。働いている本人が受け取らないものを、私が受け取る理由がありません」

と冷たく断ったので、困ったというような顔でしぶしぶ引き上げていった。

帰宅した夫に事情を話すと、

「それでいいんだ」

と、ただ一言言った。

何年も経ってから、友人にその話をしたとき、

「受け取らないなんて大人気ないね。そんなものは受け取った方がいい、領収書が

ないんだから。その社員のポッケに入ったんじゃないの」

と、その人は言った。

それから十年ほども経って子供が三人になり、夫が失業して経済的に苦しい時に
そのことを思い出した。失業している夫のところに貢ぎものなどあるはずもないの
に、

「お父さん、今度貢ぎものがあったら、片っ端からいただきましょうよ」

と、冗談を言って笑ったりした。

何かにつけて、私たち夫婦は修身の教科書のように徹底しているところがあった。

熊谷に住んで二年が過ぎた昭和二十年八月十三日、どこから出た噂なのか「いよいよ明日熊谷に空襲がある」と伝わってきた。まさかと思ったが、二歳の長男を抱えて私は秩父に避難した。夫は職場を守るために残った。まさかが本当になって、終戦前夜の十四日に爆撃にあい、町中が焼野原と化した。駅近くにあった私たちの

家は、防空壕の中まで焼きつくされ、文字通り無一物となった。夫は終戦の十五日の昼頃、疲れ切った姿でようやく秩父にたどりついたのだった。

終戦後の混乱は今さら言うまでもない。金融緊急措置令が公布され、新円の発行があったり、衣類を米に換えて飢えをしのぐ、まさにタケノコ生活の日々であった。昭和二十一年に夫は東京都小金井市緑町にあるD電機会社に就職した。そして三歳の長男と家族三人で社宅住いとなった。

社宅といっても、そこは戦前、会社の従業員の寮だった。平家建てで、玄関から東西に真っすぐの廊下があり、その両側に八畳間が五部屋ずつ並んでいた。四人部屋であったらしい。

部屋の仕切りは、四つの大きなロッカーで、しっかり取り付けられてあった。そこには本も、家具も、衣類も、生活用具一切を収納できたので、八畳が目いっぱい使え、それだけでも助かった。北側には大きくガラス窓があり、洗濯物が干せるようになっていた。共同の大きな台所には、ガス台が幾つかあった。

昭和二十二年二月、三歳の長男を連れて私は実家に帰った。次男の出産準備のためである。

その頃の葉書を、友人が片付けをしていて見つけたと言って届けてくれた。渋柿色の、五十年以上も前のものである。

梅の花が咲いて、吹く風も春めいて参りました。こちらに来て五十日過ぎました。留守中配給物や何かとお世話になっていると思います。二月二十日に生まれた浩もしっかりしてお前も扱いが慣れてきたので、もう心配ないと母の許しもあって、近々長男と赤ん坊を連れて三人で寮に帰ることにしました。廊下を挟んでの寮生活では、赤ちゃんの泣き声がうるさく気になり、さぞ御迷惑をかけると思いますが、何卒よろしく御願申し上げます。(原文のまま)

夫は真面目なサラリーマンであったが、ドッジラインのあおりを受けて会社が倒産し、失業した。昭和二十四年のことである。

せっかく住み慣れた小金井の生活も、会社の倒産で社宅を明け渡すことになった。住宅事情の悪い時期でもあり、猶予期間があって昭和二十六年に都営住宅が当り、国立に引っ越すことになった。

当時はトラックなどなかったので、荷馬車一台を借りて、生後五十日の三男を抱いた私は、少しばかりの荷物（十年二十年先を考えて揃えてくれた嫁入り道具は、戦災で焼けてしまった）と一緒に国立の新居に着いた。

夫は長男と次男を連れて、中央線武蔵小金井駅から電車で一足先に国立の家に着いていた。

ここから我が家の失業時代がはじまり、長く続く。

昭和二十七年二月、長女正子はこの家で生まれた。

子育て

夫は全く悪気のない人だが、無口で愛想が悪く、人づきあいの不得手な人である。「よそのお父さんは、休みの度に子供の野球の相手をしてくれる。魚釣りにも連れて行く。ハイキングにも一緒に行く」と、子供たちは幾つも例を挙げて夫への不満をたっぷり私に訴えるのであった。

すると夫は、「運動神経も鈍く、あまり健康でないから」と、自分の身をかばうところがある。

夫は、自分の仕事以外、全く家事一切に手を出さない。電球一つ取り換えることもしない。例えば、重い荷物も軽い荷物も、必ず私が持つのである。夫はそれを当然のこととして、「すまないね」とか「悪いね」とか「御苦労さん」と言ったためしがない。

私は力があるから当然だと思って、別に苦にもせず、腹も立てずに暮らしてきた。

父の無い家庭で育った私は、母の姿を見て育ったので、何でも女がするものだと、男をあてにしないところがあった。

夫には尽くすだけ尽くしてきたが、私にも不満はあった。子供たちの気持ちも良くわかる。

「うちのお父さんは優しいし、怒鳴ったりしない、真面目に働いてくれるし、良いお父さんだと思う。よそのお父さんのようにできないからといって、無理を言ってはいけない。よそのお父さんにできないことを、うちのお父さんができることもある」

と言って聞かせた。子供たちは、

「子供のまま大きくなったようなお父さんの、どこが良くて、お母さんは肩をもつのだろう」

と、生意気なことも言った。

「やがて必ずやって見せるわね、お父さん」

と、そのとき私は心の中で夫に語りかけていた。人にはそれぞれ持ち味というものがあると、私は思っている。

せいぜい新宿あたりまで子供たちを連れて行って、たまに旗の立ったお子様ランチをサービスするのが、精一杯の母としての心遣いであった。

昭和二十八年当時、長男十歳、次男七歳、三男五歳、長女二歳、と四人の子がいた。子供たちは元気に良く遊び良く食べた。誰もが経験した、戦後の物不足の時代であった。育ち盛りの子供たちは、背丈が伸びてすぐに洋服が小さくなった。

夫は子育てについて何もうるさく言わない人だが、「見かけより中身が大事だ。着るものは二の次でいい。丈夫で元気な子に育つよう食べ物だけはしっかり食べさせろ」という主義であった。いつでも金さえあればデパートに子供を連れて行って、新しい洋服を一揃い買ってやれば、「腕白坊主も、すぐ坊ちゃんになれる」と平気なものである。

私も真実《ほんとう》だと思い、うちのお父さんもたまにはいいこと言うな、と思った。

こんなこともあった。お隣には、子供二人の暮し向きのよい親切な家族がいた。

「ウチの子が春秋の遠足に着ただけで、もう小さくなってしまったの。良かったら徹さんに着せて下さい」と言って新品同様のチェック柄のワイシャツをくれた。

私は早速洗濯して丁寧に糊付けし、アイロンをかけて、ビニール袋に入れた。

翌日、

「これを着なさい。良く似合うと思うよ」

と言って子供に渡した。息子は一寸首をかしげて、

「これ隣の進ちゃんと同じだね」

と、意味あり気に私の顔を見た。見覚えがあったのだろう。

「これどうしたの」

と聞くので、

「立川の伊勢丹で買ってきた」

と言うと、変だなあと納得のいかない顔をしていた。

「デパートという所は、同じ洋服を何枚も売っているのよ」

と教えたので、そうかと言った後で「有難う」と、とにかく着替えた。

次は女物のセーターをいただいた。ＰＸ（進駐軍内の売店）で買ったもので、気に入っていたのに、洗剤が悪かったのか一度洗っただけで縮んでしまったという。みんなお下がりである。

今度は正直に、「これはお隣の奥さんからいただいたの、純毛で暖かいと思う、ピンクで可愛いし、大きさも丁度いい」と説明してから、

「でも正子、着る気ある」

と娘に聞いた。

「お母さん、贅沢いっている場合じゃないでしょう」

と、私の顔を見る。成長したものだと三歳の娘の顔をしみじみと見たのだった。

たまたま風邪で会社を休んだ日のことである。

外で近所の子供たちとママゴト遊びをしているらしい。家の中でそれとなく聞いていると、よその子は「私は奥さん」「私はお母さん」と主張しているのに、うちの娘は、「赤ちゃんになって」と言われれば、いいわとあっさり引き受ける。それは日頃働いているため〝母のいない家の子〟と自覚し、子供心にもその場に合わせて遊ぶ知恵を自ら学んでいたのであろう。

私は賢い母ではなかった。

長男が五歳の頃のことである。裏庭で一歳年上の女の子に殴られているのを、ガラス越しに見たのだ。私は荒々しくガラス戸を開けて外に出た。殴られた理由も聞かず、長男を家の中に抱え込み、内心ムッとして、お前は男の子なのに、女の子に殴られて、やり返しもしない、意気地なしだ、となじった。

子供はどうしてといった顔で私を見てこう言った。

「お母さんはいつも、絶対人に殴られても殴ってはいけないと言ってるでしょ。だから僕口惜しかったけれど我慢していた」

と言うのだ。全くその通りであった。

長男は年齢にしては人並以上に体格も良く、手足も大きく、力のあるのを知っていたから、人を殴ったり、叩いたりすることを私はおそれていた。怪我でもさせたら大変だ。そのくらいなら自分が我慢した方がよい。「殴られても殴るな」と日頃教えていたのは事実であった。

幼い頃母親だけに育てられた私は、一歩引いて我慢する心を子供に強いていたのだ。近所の奥さんにそのことを話して、意見を聞いてみた。

「あんた駄目、それは良くない、私なんか、一つ殴られたら二つにして返せ、二つ殴られたら倍にして殴り返せと、子供を躾けている」

と元気なことを言う。男の子はそのくらい強く育てなければ駄目だ、と念をおされた。

小学校一年生のとき、受持ちの先生の批評の欄に「体は大きいが、心は象のように優しい」と書いてあった。素直ないい子だった。さすが、男の子である。二年生頃からは、正しいと思えば弱い子の味方になって力を貸し、加勢するようになっていたようである。

こんなこともあった。

昭和二十三年、当時は洗濯機もない時代であった。ある晴れた日曜日の朝、盥《たらい》で洗濯をしているお隣の奥さんの側を通り過ぎようとした長男が、

「お母さん何している」

と聞かれた。

「お母さん泣いている」

「どうして泣いているの」

「だって、お父さんとお母さん喧嘩したんだもの」

「じゃお母さんが負けたのね、泣いているんだから」

「うーん、違うんだよ、勝ったんだけれど泣いているんだよ」

前日は給料日であった。楽しみにしていた筈の給料袋が軽い。

「どうしても欲しい本があったので買ってきた」と夫は言ったが、それにしても少ない。これでやりくりかと、内心腹を立てた。しかし外で酒を飲んで困らせる男に比べたら、ここは我慢と自分に言い聞かせて、口惜しい思いを抱いたまま寝たが、なかなか寝付かれなかった。

次の日、朝食が終わった後、二人は口論となった。私は一言相談したうえでのことなら承知もできる。勝手にしたのが気にくわない、と夫を責めた。

夫は半年も前に神田の本屋で見つけた洋書だが、もうないものと諦めていた。諦めきれずに行ってみると、あったので嬉しくなって買ってしまったと訳を話してくれた。事情を聞けば理解もできた。勝った負けたの夫婦喧嘩は、本一冊のささいなもめごとであった。

戦後の貧しい時代であったから、どこの子も下駄を履いて遊んでいた。五歳の長男が遊びに出るとき、新しい下駄を履いて出たのに裸足で帰って来た。遊びに夢中になっているうちに、何処かに忘れてきたものと思い、

「探しておいで」

と言うと、

「駄目だよ、僕が下駄をぬいで木登りをしているうちに、下にいた男の子が持っていった」

と言うのである。新しいその小さな子供下駄を持ち帰った男の子の親は何と言ったのだろう。私は盗られて裸足で帰ってきたうちの子の方がましだ、と思った。

半世紀たった今、物余りの時代である。まだ使用できる自転車を惜し気もなく乗り捨てにしているのを見ると、子供下駄盗難事件など、話にならない話と言わなければならないのだろうか。

夫のこと

主人は朝から晩まで一日の休暇もとらず、あまりにも真面目に働き過ぎる。ここは一番、気分転換によいだろうと思って、

「今日はお天気もいいし、府中競馬に行ってみてはどうか」

と言ってみた。

私の勧めに逆らっても悪いと思ったのか、出かけていった。

馬場は広いし、芝生がきれいだ。馬もいい。馬券を買ったらさらに面白いだろうと、景気をつけて小遣いも多めに渡して送り出した。

私の幼い頃、家では軍馬の払い下げだという、栗毛色の艶も良く品のある、父自慢の馬を飼っていた。馬好きの近所の小父さんたちも一目おいていた。私は五歳であったが、馬が好きだった。

「今日は川へ連れて行って、馬の体を洗ってやれ」と命令されると、喜んで手綱を

引いて川に行った。手綱を川端にある柳の幹に結び付けてから、バケツで水をかけ、大きなタワシでゴシゴシ洗ってあげた。足下には作業に便利な平らで、大きさも高さも丁度良い石があった。馬は気持ちよさそうにおとなしくしていた。度々のことであったが、或る日、ふと思いついて、馬の体を洗い終えてから、ざるで魚獲りをはじめた。一寸がだんだん夢中になってしまい、気がついたら馬がいない。大変だ、父に叱られる。私は息をきらして走りに走った。家に着くなり、

「お母さん、馬がいなくなった」

と言って、大声で泣いた。

「馬はとっくに帰って馬小屋にいるよ。お前よりずっと賢い」

と、母は言った。馬は確かに馬小屋にいた。長い顔で、やさしい目をして、「お帰り」というように、私に二、三回、大きく首を振って見せた。

父との思い出は馬につながる。馬の好きだった父は、畳一畳程もある大きな馬頭観音の石碑を道端に建てた。その父も私が十歳のとき亡くなった。

私が五十路に入り、次男を連れて九州雲仙に旅行したとき、貸馬に乗った。息子は、

「危ない、よしてくれ、みっともない」

としきりに止めたが、私はとても楽しかった。懐かしかった。観光客も不思議そうに見ていた。

さらに後年、中国旅行のときも雲南で馬に乗った。

気分爽快になるからと、夫に競馬場行きを勧めた発想は、私の馬好きからでたものだった。

夕方帰宅した夫に、

「楽しかった」

と聞くと不機嫌な顔で、

「僕は二度と行かない」

と言って、今朝渡したのと同額の金を返した。

「馬券は買わなかったの」

「買ったが、本命ばかり買ったので損はしなかった」

「あんなことで気が晴れるどころか、大事なエネルギーを消耗してしまった。僕にはやることがある。時間の浪費だ。疲れただけだ」

と嫌味を言った。

私の折角の心遣いは、全く失敗に終わった。

何カ月か経ったとき、横浜の義兄が訪ねてきた。久方ぶりだったのでいろいろ話をした。

競馬の一件を話すと、

「あんたは何ということをするか、行くなと止める女はいても、行ってこいとはとんでもない女だ」

と、義兄はあきれて物が言えないといった顔で私を見た。

「でもお義兄さん、主人はもう二度と行かないと言っているから心配ありません」と言った。

あれから五十年の歳月が過ぎたが、二度と行かなかった。余程懲りたのだろう。

昭和三十年のクリスマスの日、夫の会社で忘年会があった。朝出るとき夫は、「今日は帰りが遅くなる、九時になる」とはっきり言った。本当かなと一寸疑った。

夜になって子供たちは寝、私はラジオを聴きながら編物をしていた。夫が早く帰るのもいいが、たまにはこうして、一人静かにしているのも悪くないと、久しぶりに自由な気分を楽しんでいた。九時とは言ったが、二次会ということもあろう。酒は好きな方だからと思っていると、ラジオが九時をお知らせしますといって、時報がなった。

時報と同時にガラガラと玄関の戸が開いた。「只今」と夫が帰宅したのである。

さすが、約束通り、御見事、と言いたいところだが、上手すぎる。不審に思って問いただすと、何のことはない、九時に帰ると言ったのは、計算した上でのことだった。口から出任せではない。

宴会場を何時に切り上げる。駅まで十五分歩き、何時何分の電車に乗る、十分で自宅のある駅に着く、歩いて十分、すると玄関に着くのは九時になると説明する。成程と納得した。当時は中央線も夜になると、三十分に一本といった具合であったから、計算も早く出来たのだろう。

こんなこともあった。

夫は落ち着いていて、慌てる性格ではない。のんびり型ではあるが、理詰めのところがある。

ある時、どこから入ってきたのか、五センチほどの小さなねずみが、部屋の中をチョロチョロしていた。新婚早々のことであった。

新しい青畳の上を得意気に走り回っているので、どうしたものかと呆気にとられていると、夫は三十センチの物差しで、走っているねずみを一気に仕留めて見せた。全くの一振りである。どうしてこうも上手くいったのかと理由を聞くと、方向と速度と打ち下ろす角度を瞬時に計算したと言う。

それから四十年も過ぎた或る日のこと、家の前の広い畑を十五センチほどもある大型のねずみが走っていた。夫が道端にあった小石をひろって投げつけると、目に命中し、キューと鳴いてバタンと死んだ。

その様子を見ていた娘が感心して、「お母さんの昔話は本当だね」と言った。

その得意の計算術が基盤となって、新製品を開発することになる。

長男が小学校に入学した昭和二十五年、米以外の主食は自由販売になった。朝鮮動乱で特需景気といわれたが、物不足は続いていた。皮革などない頃である。知人にランドセルを作る人を知っていたので、しっかりした布製のランドセルを作ってもらった。渋谷に住んでいる友人宅にも同年の男の子がいた。古い友人であり特に親しい間柄であったから、ランドセルを早めに二つ注文して、夫が御祝いとして届けに行った。

その夜、終電車の音が止んでも夫は帰宅しなかった。如何なる理由か、外泊は結婚して以来十年、かつてないことである。不安が募って、一夜まんじりともしなかった。真面目で、几帳面な夫であるから余計心配だった。車にはねられたか、急に具合が悪くなって入院でもしたか、心配は一通りではなかった。

予感が適中すれば、この四人の子を私が一人で育てることにもなりかねないのだ。電話のない時代では、連絡のできるわけもない。

一夜明けて一番電車の音が遠く聞こえた。朝六時頃、「只今」と夫の声がした。

私は瞬間、安心もしたが腹も立った。

「会社に行ってくる。帰ってから理由を話す」

と言って、急いで出勤してしまった。

帰宅した夫の話はこうだ。

訪問先の親子が大層喜んで、酒肴《しゅこう》でもてなされた。ここが切り上げ時と思って、立ち上がったが足下がふらつく。まずい、しかし家に帰らないと心配をかけると思って玄関まで出た。友人に、

「無理をして帰るのはやめた方がよい、街灯もなく暗いので危ない。先日私の家の犬が車に轢かれて死んだ」

と親切に引きとめられたので厄介になった。勤めは休めないから、一番電車に飛び乗って帰ってきたというのである。

直接会社に出勤しようかと思ったが、兎に角家に立ち寄って、顔を見せないことには家族に心配をかける。いやはや忙しかったという次第であった。たった一夜の外泊にこれ程まで心配するのは異常ではないかと思われるかも知れないが、その時私は、五人の子を抱えて未亡人となった母のことを思い、運命のようなものを感じて不安な一夜を送ったのだった。半世紀も前の昔むかしの思い出である。

第三章　再出発に向けて

失業時代

戦後、官公吏は職場が安定していたが、中小企業は倒産したりして、失業者が多かった。こんな話を聞いたりもした。

職を求めて当てもなく、失業保険で暮らしている。遊びに行くにも金はない。一番安上がりの時間つぶしには、魚釣りがいい。多摩川や秋川では面白いほど、良く釣れたので、日暮れて家へ帰るとき、バケツは魚で一杯になった。初めは家族も喜んで、煮たり焼いたり、佃煮にしたり、近所にも配って歩いた。さすがに度重なって家では猫も見向きもしないという。

夫も失業していて我が家も辛い時代であった。

三十坪ほどの小さな庭に、柿の木を二本、無花果《いちじく》の木を一本、子供たちの記念に植えた。

「桃栗三年柿八年」というが、八年目には木も大きく育って、見事な大粒の柿が沢山なった。十月には実も大きくなり、少々色付いてきた。

誰が試したのか、歯形の付いた柿の実が、根元に捨ててある。渋かったのだろう。勿体ない、折角ここまでになったものを惜しいと思った。そこで、柿の木の枝に、ベニヤ板を針金で縛り付けた。

「この柿は富有柿です。色付いているが、まだ渋いので、十一月まで待って下さい。美味しくなったらどうぞ」

と、大きく筆で書いて下げた。

郵便配達が通りがかりに、

「奥さんこれは何のおまじないですか」

と読んでから、これは良い思い付きだと言った。

「ところで郵便屋さん、私も手紙がほしいの、家にも配達してよ」

「奥さん、私は仕事だから持ってきてやりたいが、差出人がないことにはねェ」

と言った。冗談にきまっている。職もない、金もない、便りもない。この頃は寂しい生活が続いていた。しかし楽しみがないわけではなかった。

小さな庭に地這胡瓜《きゅうり》の種を蒔いてみた。良くなって近所にも配ったりした。その頃千葉から来た友人が、南京豆を蒔いてみたらどうかといって種をくれた。言われる通り土の中に埋めた。やがて芽が出て葉が出て花が咲いた。ここまでは何の植物でも当然の理である。

ところが黄色い小さな花がだんだん下を向いて、地中にもぐり込んでしまった。それからしばらく経って実になったのだ。花は地上で咲き、実は地中になる。私には初めての経験であった。こんな植物もあるんだと感動した。こんなことで驚いているのは、はなはだ幼稚なことで、植物図鑑でも調べたら楽しいだろうと思ったが、当時は図書館も近くになく、子育てに忙しく暇もないという具合であった。

無花果の芽が小さな葉になる過程が好きだ。美しいフランスの貴族の紋章のようだ、と表現した人がいた。私は小さな赤ちゃんの手のようで可愛いと思った。

こんな些細なことが、その頃の私をなぐさめてくれた。束の間の喜びであり、至福のときでもあった。

その年の秋、夕暮れ時のことであった。私は夕食の支度をしていた。外は暗かった。

「今晩は」と訪ねる人がいた。いつもは私が玄関に出るのだが台所の手が離せない。夫が玄関に出ると「奥さんは」と言っている。主人は「お母さんの友達が来た」と告げた。出てみると全く見ず知らずの男の人である。びっくりして「用件は」と聞くと、困惑した顔で、

「いつも旦那が夜勤で奥さんも若いし、寂しいだろうから遊びに来た」

と言った。

「どこを訪ねているの」

と聞くと、

「中川さんでしょう」

と言うのだ。表札でも見て言ったのだろう。

「おかしいじゃない。家にはこの通り旦那もいるし、中川違いでしょう。下の道をずっと行くと幼稚園の近くにあると思うから」

と言って、部屋に戻ろうとすると、外灯もない暗い無花果の大きな葉の陰で「いやどうも」と言って頭の後ろに手をやった。「ふざけるな」と私は思った。働きたくも職は無く、失業保険暮らしなのに、暇つぶしの悪ふざけにしても質《たち》が悪い。

五十年近くも前の古い話である。

再び社会へ

もともと真面目で勤勉な夫はサラリーマン型人間だったが、時代の波に流されて、会社が倒産した。再度失業の憂き目にあった。生活を守るため、子育てのため、自力で這い上がるしか道のない時代であった。

「夢追い人生」はここから始まった。

娘（正子）が三歳になるのを待ちかねて保育園に預けて、生活を支えるため私も働くことにした。当時中年女性といえば、基地内の掃除婦か駐留軍家庭のメードしかなかったので、新聞広告で見た、荻窪にある中小企業の工員になった。

戦前は、一流会社に勤め、製図の経験者として優遇されていたが、その経験が役に立つ時代ではなかったのである。

水道もガスも洗濯機もない時代であった。育ち盛りの四人の子供の洗濯は早朝に済ませた。寒中には竿に広げるそばから凍りついて板のようになった。

その様子を毎朝見ていた新聞配達の小父さんが、

「私は長年ここの広い地域をまわっているが、あんたのように良く働く女を見たことがないよ」

と、ほめてくれたほどである。

当時は車の数も少なく、自家用車など全く珍しい。羽振りの良い夫の友達が車で訪ねてきたとき、

「随分高価なのでしょう」

と聞くと、百五十万円だと言う。

「それでは家一軒を走らせているようなものですね」

と言って笑われたが、その金額で小さな家なら買える時代であった。

通勤にも仕事にもなじんで半年たった頃のことである。

帰途、荻窪の四面道という交差点に立って信号を見ていた私は、赤が青に変わったので、一歩踏み出した。その瞬間、突っ込んできた車と衝突する寸前の危機に遭った。バネ仕掛の人形のように身をかわして難を免れたのは幸いであった。その恐怖に遭遇して、しばらくは震えが止まらなかった。その夜はまんじりともせず、今日の出来事をかみしめていた。

もし私があそこで死んだら、夫や子供たちは私のために泣いてくれるだろう。しかし私は、「ご免なさいお父さん。こうもしてあげたかった……。子供たちにも、ああもしてやりたかった」などと、思い残すことは全くなかった。日々全力で、誠の限りを尽くしていたので……。

これが私の人生観だった。いつも全力を尽くしていれば、突然何が起ころうと「皆さんさようなら」と此の世に未練もなく昇天できる。三十八歳の時のことである。


前年より三種の神器（電気洗濯機、冷蔵庫、掃除機）などと言われ始め、家庭電化時代が本格的にはじまった昭和三十年、ようやく戦後復興の機運が高まりを見せはじめ、企業も活気付いてきた（神武景気）。

丁度その頃、製図経験者の募集広告が目にとまった。いよいよ私の出番がきたかと、小躍りして応募した。そこは人材会社で、京浜線鮫洲にあった。採用されて早速M社に派遣された。

白い紙、製図板、T定規、どれもみな懐かしいものばかりであった。古巣に帰ったようで嬉しかった。子育てのために十年の空白はあったが、仕事にはすぐ馴れた。

会社の門を入ると、タイムレコーダーを押した瞬間から、子供や家の事を忘れて仕事に熱中した。

楽しみは昼休みである。屋上から見える東京湾の蒼い海、遠く連なる丹沢の山並みを見ながら、女同士良くおしゃべりをした。

或る日のこと、出向の仲間の一人が、

「私は前に勤めていたF社の競技会で銀賞を貰ったことがある」

と自慢気に言った。するともう一人が、「私はT社で努力賞をもらった」と言うのである。二人は顔を見合わせて、

「貴女は」

と、声を揃えて私の顔を見た。

思いがけない問いにハッとなったが、落ち着いて気取った調子で、

「金賞よ」

と答えた。「エーッ、どこで」と聞きかえすので、

「今まで勤めた会社全部から」

と答えると、

「ナーンダ」

となった。

私は就職の度に、自分で経験を高く売り込んで給料を決めて働いてきた。だから二人の給料よりはるかに高給であった。給料は私にとって金賞である。

私の隣席のS氏は、バレーボールの審判をしていて背も高く、男らしく、明るい性格の人だった。

二人並んで仕事をしていると「オオ、お二人さん中々お似合いよ」などと後ろの席からからかう人もいた。

「そうかい、そうだろう」とやりかえしたり、冗談を言ったり、職場は楽しかった。

「そんなに君が働いて入れあげる旦那の顔が見たい」と言う人もいた。

「いつでも見せてあげる、でも、もてなしはできないわ」

「インスタントコーヒーぐらいあるだろう」

「あるのは貧と乏だけなの」

「ビンとボウで何するの」

「やさしく子供を叩くといい子になるの」


その日は会社のボーナスの日であった。勤め帰りの道すがら、正社員で勤続二十年の女性に声をかけた。

「私は出向だから部外者だけれど、今日は沢山ボーナス出たんでしょ、うらやましいわ」

と冗談を言った。すると彼女は、

「あなたは独身の寂しさを知らないでしょう、いくら沢山ボーナスをもらっても、喜んでくれる人がいないからつまらない」

とヒステリックに答えるのだった。

戦後はオールドミスが多かった。私もまずいことを言ってしまったと後悔した。彼女の本音だろうと思った。

仕事の切れ目が縁の切れ目である。

「AEG（ドイツの会社）の仕事が終わったので、今月一杯で辞めてもらう」と言い渡された。

私は「そうですか」とうなずいたが、化粧室に飛び込んで思いきり泣いた。

今まで幾度も職場を変えた経験はあるが、何れも自分の都合で辞めた。会社から通告されたのは今度がはじめてのことである。もとより正社員の身分ではない。出向の立場を考えて、当然の事だと気を取り直し、まだ目が赤いのを気にしながら席にもどった。

「僕は中川さんがこの職場に来て二年の間、毎日が楽しかった。僕はまるでゴムマリの様にはずんで会社にきたものだ。明日から寂しくなるなぁ。これは皆からのお餞別の品だ」

上司のＳ氏がこう言って、当時としては立派な目覚まし時計を渡されたのである。

私は机の周囲も念入りに整理して、ここも今日限りかと感慨も一入であった。

外に出ると偶然そこにＳ氏がいた。雨がポツポツ降り出してきた。彼は私に傘をさしかけて、

「一寸した相合い傘だね」

と言いながら門の所まできた。会社の門を出ると二人は、右、左と別れる筈なのだが、今日で最後だからと言って大崎駅まで送ってくれた。

道すがら彼はこう言った。

「二年もの長い間職場では冗談を言い合った仲なのに、会社の外ではコーヒーの一杯も飲まなかったねぇ」

と、しみじみとした調子だった。

「お世話になりました、お元気で」

と言ってあっさり別れたが、次の仕事のことを考えると、心中、悩んでいた。それからもう長い年月が過ぎた。お互いに歳を取ったものである。今も年賀状をいただいている。

彼の年賀状の版画はすばらしく、大切にアルバムに収めてある。家内とヨーロッパ旅行をしました、今年は中国を旅しました、今年は息子に嫁をもらいました、などと添え書きがしてある。

時代は、「安保闘争」から「所得倍増」へと移り変っていった。インスタントラーメンが発売され（昭和三十三年）、カラーテレビが放送開始され（昭和三十五年）、岩戸景気などと呼ばれた頃である。

「図面を書く仕事などしないで、夜、キャバレーで働いた方が、お金になるでしょう」と言う人もいた。また株を買って儲けていると噂の高い近所の奥さんに、「私なんか遊んでいても、あんたの給料の何倍にもなる」と笑われたりもした。

その頃私は、人材会社から派遣されてN社に勤めていた。夜は派遣先から本社に立ち寄り、内職の仕事を持ち帰って、四人の子供たちを寝かせてから、夜通し図面を書いたものである。時計も見ずに仕事をしていると、すずめがチュンチュンと鳴いて夜明けを知らせてくれる。こんな無理なことがよく四、五年も続いたものである。ずっと後で「私は若いとき夜も寝ずに働いたのよ」と言うと、「夜は何をして働いたの」と、意味あり気に聞く人もいた。

こんなこともあった。東海村に初の原子炉が建設されることになり、そのときアメリカから飛行機で送られた膨大な図面の、インチをミリに直す作業の一部に関わった。建設の図面を書いたのは三十代の後半であった。原子炉の実寸原型の側に人間を立たせて大きさを比例させる図法をはじめて見たのも驚きであった。

朝ロッカーで事務服に着替えるときなど、若い事務員が、

「小母さま素敵よ、私いかれちゃう、しびれるわ」

と私をからかった。その頃の流行語であった。私も負けずに、

「まあね、バーゲンスタイルでございます。安くまとめてみました」

と笑って、モデルよろしく、ポーズを作って、一回りしてみせたりした。

髪もきちんとして、それなりに服装もきめていたから「あの人いかず後家じゃないの」と言う人もいた。私にはその意味がわからなかったが、今で言うところの「オールドミス」のことであったらしい。年齢のわりには若く見えたのだろう。三男一女の母には見えなかったようである。


あれから三十年を経て、老朽化した原子炉が御用済みとなり、解体されることになったという新聞記事を見た。原子炉と共に過ぎた時の流れを、我が身に思い合わせて、しみじみと老いを感じた。

第三の職場

四十肩、五十腕、という譬えがある。私も四十過ぎて腕がおかしくなってきた。

正確を要する製図の仕事は無理とあきらめたが、働かねばならない。

私は勇気を出して、見ず知らずの水商売といわれる類の高級レストランの調理場で働くことにした。調理場は料理も覚えられるし、仕事も特にむずかしいことではなかったから、言われるままに良く働いた。しかし人間関係はむずかしく、なかなかなじめないところもあった。私はその後イタリア料理店、中国大飯店と職場を変えた。午後に出勤しても、「おはよう」と挨拶したり、まな板が円かったり、包丁が四角だったりと、珍しいことが多かった。いろいろと人生について学ぶことが多かった。料理も覚えた。

ウェイトレスになって店に出るよう言われたが、私にはとてもできなかった。調理場を希望して、客用の飯炊きをした。どんな上等な中国料理も御飯が大事だとチーフに教えられた。チーフの給料は当時相当なもので、代議士か大臣クラスだと噂に聞いた。中国の有名な人であったようである。

出勤が遅いのはいいが、帰りも遅いのは辛かった。夜中の十二時過ぎに電車を降り、深夜の道を自分の足音に追いかけられるように走って帰った。タクシーに乗れる身分ではない。

そんなある日、偶然近所の奥さんと帰りが一緒になった。彼女は芝居見物の帰りであった。途中学園の暗やみの藪の中から「ウォーウォー」と妙な声がした。

「お宅で飼っているライオンじゃないの」

と言うと、てれくさそうに、

「奥さん今晩は」

と言って、彼女の夫が出てきた。当然打ち合わせができていて、待ちかねていたのだろう。

第四章　プラグテスター

高利貸しと銀行ローン

夫の研究試作に金がかかり、知人に相談したら高利貸しを紹介された。新潟地震のあった昭和三十九年のことである。この研究試作については後で述べる。

忘れもしない十一月十五日、七五三の祝日であった。

美しく着飾った幸福そうな親子を横目で見ながら、私はその神社の裏にある高利貸しの店に入った。高利貸しといえば、世にも恐ろしいところと聞かされていた。

幼い頃、高利貸しに取り立てられて、困っている家庭の悲劇を、泣きながら映画で見た覚えがあった。

のれんを分けて入った私が、オドオドしている様子を見てとったのだろう。

店主は、

「ここはそんな恐ろしいところではありません。利息を付けて約束通り期日までに返済さえすればそれで済むところです」

と言った。右に何回左に何回、更に左右とダイヤルを器用に回して数字を合わせ、大きな金庫の扉を開けた。約束の三十万円を渡され、受け取った私の手はそのとき震えていたかも知れない。私は質屋に行ったこともなく、まして高利の借金など全くの初体験であった。

三カ月を経て、利息を付けて約束通り、期日に返済した。その時店主は「借用証書は紹介者のK氏に渡しておきます」と言った。

後日K氏を訪ねて、無事返済したと報告し、借用証を返して欲しいと申し出た。机の引出しから出して「ああこれね」と言ってチラッと証書を見せてから、「こんなもの私と奥さんの仲だから破いて棄てる」と言うのである。

愚かにも、私はその言葉を信じて、そのまま帰ってしまったのだ。

半年も過ぎた頃だった。すでに返済が終って無効の金銭貸借証書を持って、K氏が金を返してほしいと自宅に来た。知人というだけだが、親切で頼りになる人と信じていただけに、いつも紳士気取りの態度には呆れ返り、我が身の至らなさを恥じて当惑した。

あの時の破って棄てるという約束は、今日のためのものであったのかと悟った私は、人を信じることの恐ろしさを身に染みて感じたのであった。

私はこの三百代言（K氏）の、戯言《ざれごと》(!)に負けてはいなかった。

このかけひきを通して、高利貸しは、やっぱり恐ろしいところだと悟った。

もしも夫が私に金策するように命じていたら、私は一切受け付けなかっただろう。これが限界だ、ここでこの手を打たなければどうにもならないと見極めればこそ、自分の判断で行動して、高利貸しののれんをくぐったのである。

偉そうに、でしゃばりと思われるかも知れないが、夫が小さくなって親戚に金を借りに行く姿を想像しただけで情けなかった。私が恥をかくくらい何のことはないと、ずっとそう思ってそうしてきた。

知人からは、そんなの女らしくない、可愛げがないと言われたこともある。父のいない家庭に育った私は、幼い頃から人をあてにしないところがあった。

昭和四十年、五月に山一證券経営危機（日銀特別融資発表）、十一月戦後初の赤字国債の発行が決定された年のことである。事業を始める準備のため、資金が必要となってM銀行に貸付を依頼した。約束の当日、貸付係を訪ねた。

いろいろ事情を説明した後で、課長から、

「あなたはいつからローンを計画しましたか」

と聞かれた。

「二、三日寝ないで考えたうえのことです」

「冗談じゃないですよ。ローンなどというものは五年、十年かけて、十分計画してから申込まれるのが常識というものです」

と、一寸あきれた様子であった。

貸付課長の説明は、「銀行サイドでメリットがあれば」の繰り返しである。更に「お客様サイドでは」と話が長時間に及んだので「メリット」と「サイド」の繰り返しで私の頭は混乱して、めまいを覚えた。

最後に、銀行は商品開発のための事業であることを理解してくれ、他の銀行にある預金を全部移すとの条件付きで、数日後、ローン契約が成立したのである。

今にして思えば、個人企業に対して、当時七百万円の融資は並々ならぬ決断であったかも知れない。

テスターの開発

夫は本来の技術者魂が刺激されたのか、それまでにないプラグテスターの開発に心血を注いでいた。

スパークプラグテスターを作ろうとしたヒントは意外なところにあった。ペンより重いものを持ったことのない夫が、生活のために慣れない自動車整備工場の現場に勤めたことがあった。体力的にも無理があってすぐ辞めたが、そこで見た外国製のクリーナーテスターが動機となった。プラグテスターとはエンジントラブルを未然に防ぐための試験器である。

自分なら別な方法でやる。もっと手軽に効果的なものが出来ると思ったという。もともと、サラリーマンから脱皮して実業家になるとか、財産家になろうといった野望があってのことではない。せめて家族の生活の安定が目的の「夢」であった。米国ではケネディ大統領が就任し、米ソの宇宙競争が始まり、街では歌声喫茶が流行した頃である。すでにマイカー時代がはじまったなどと喧伝されていた。

昭和三十六年、庭先に六畳一間のプレハブを建てて、事務用の机一、製図用の机一、椅子を揃えて事務所にした。その頃製品を完成させる目処などは到底なかったが、本気でやる気になっていた。何が何でもやらねばならぬという悲壮な決意があったのである。

大会社の依頼か、または、資本家がついて始めた研究であれば、計算のつく大きな期待と、期限付きの開発となるだろうが、夫の場合は失敗すれば、精神的に追いつめられて「夢」を見るどころか「命に代えてお詫びする」と子供連れで一家心中の悲劇になりかねないところである。

完成までには長い道のりであったが、その間、多くの人との出会いがあった。O先生の精神的な支えと励ましがあった。常識を超えたS氏の資金協力もあった。技術的に自信を持って製作してくれた金型屋の社長さん。販売契約に必要な知識を指導してくださった板谷教授。

その他、多くの人との出会いによって導かれ、励まされたことは幸運というほかはない。渡る世間は鬼ばかりではなかった。

一口に苦節十年というが、小学校に入学した子供が、高校を卒業して大学に入るまでの長い歳月である。無鉄砲とも、無計画ともいえるあてのない「夢」が十年目にして完成したのは、正に奇跡というほかはなかった。

「お父さん、とうとうやったわね」と夫の膝にすがりついて泣きたかったが、夫は無言であった。心中は如何ばかりかと、察するに余りあった。

平成の世であれば、苦労を重ね長年かけて完成したとしても、時流にも乗り遅れて、無用のものとなるところであろう。しかし幸運にもテスター完成のその年、道路交通法が改正されて、排ガス対策のために自動車整備の機運が高まった時期と合致したのである。認証基準同等品として取り上げられて、全国的に販売された。

これこそは無欲の者に与えられた神の思し召しであったかもしれないと感謝している。

スパークプラグテスターは、私の産んで育てた四人の子供より可愛いと思った。

恩師、O先生

「かしら十五は此の世の地獄」という諺があるようで、四人の子育てに、夫も辛い時期であった。五千円札が登場して、「神武景気」から「なべ底不況」といわれた昭和三十二年頃のことである。

ある日誰が入れたのか、玄関に宗教新聞が差し込まれていた。何気なく見入っていた夫が「あっ、O先生」と声を上げた。悶々として悩み、途方に暮れていた夫は、懐かしさのあまり「灯」を見たのだろう。

「僕、先生に逢ってくる」と言う。

O先生は学生時代の恩師である。格別に可愛がっていただいたと前から聞いていた。訪ねた先生は授業のため不在であった。四時に帰るとのこと、出直すには時間が足りず、喫茶店で時を過ごす程心のゆとりも金もない。野川の端にある小さな公園のベンチにうずくまって時間のくるのを待ったと言う。我が身の不幸を嘆いていたのであろう。

先生の帰宅を見届けて訪ねると、二十年の隔てもなく、

「どうしたの、元気ないね」

と、優しく声をかけられ、まあ上がれと言われたという。

「先生にご相談したいことがありまして、突然うかがいました」

と言ったきり、心身共に憔悴していた夫は、しばらく瞑目してうなだれていたが、話を始めると一気に思いのたけを語り、研究の結果と行きづまりについて、話しつ

づけた。

　あまり話が長いので、

「君の話は二時間も聞いたが、家族はどうなっているの、生活はどうしているの」

　と言われて我に返り、

「妻が働いていますので」

「そうかそれはよかった。また来い。元気を出せ。奥さんにも来るように」

　と言われて帰ってきた。

　数日後、私がお礼のつもりで先生のお宅を訪ねると、先生は初対面の私に開口一番、

「亭主があんなに弱っているのに、あんたはえらい元気じゃないの」

　と言われる。

「先生、夫が弱っているからこそ、私がしっかりしなければ子供たちはかわいそうです。だから明るくしています。夫をここまで追いつめたのは私が悪い。頂上を目

ざした登山者が、目前にして酸欠に遭い苦しんでいるのと同じようなものです。ここでやめるくらいなら、始めからやらない方がましだと、疲れた夫を押しまくり、励ましたつもりが裏目に出たのです」

「君、泣かせるじゃないの。困った時は、亭主が悪いとか、誰彼が悪いと、人のせいにする話はよく聞くが、自分が働いて子供を育て、夫に尽くしてなお私が悪いと、我が身を責める人は初めてだ。俺は何十年も大学教授をしてきたが、世法《せほう》では、君に負けた」

と言われた。

『走れメロス』を読んで感動したことについて、先生を相手にくわしく語り始めたが、晩秋の日は早くも暮れて、薄暗い部屋で灯りもつけず長く長く話は続いていたのである。

「只今」という声がして夫人が帰られたが、この光景をどう見たであろうか。先生は六十歳、夫人二十九歳の御二人は新婚二カ月目のことであった。

「また来い、楽しかったぞ」

と声をかけられ、おいとまするとき洋梨の入った紙袋を渡された。

「これは岐阜の郷里から送ってきたものだ。二、三日して香りがしたら食べ頃だよ」

「先生お土産も持たずに訪ねてきた者にそれは結構です」

「君にやるんじゃない。子供にやるの」

やがて年の瀬も迫り、お歳暮の季節がきたので、心ばかりの品をお届けすると、先生から電話があった。

「あんた貧乏人のくせに人並みのことをするんじゃないの。でもうれしかったよ。有難う。元気でな」

と言われただけで電話は切れた。

先生は稀に見る厳格な方であった。近寄り難いところもあったが、見かけによらず優しい深い思いやりの心を持ち合わせていた。しかし好き嫌いのハッキリした性格の人であった。夢なくて何の人生か、などと意気込んでいた私たち夫婦であったが、挫折し方向を見失い、絶望していたとき、二十年ぶりに先生と再会したのだ。以来、折にふれてはお訪ねして、途中の経過を報告するようになっていた。

目的の製品の開発も軌道に乗って動き始めた折も折、一千坪の土地を抵当にして、銀行の融資を受けて協力したいという奇特の人が現れた。

先生は、

「君達の何処を見込んでそれ程の決意をしたのか信じられない。私にはとても理解できない。その人はとんでもない勘違いをしている。不思議という外はない。大学教授の肩書を持っている私でも、それ程の強力な助っ人にはとても出会えない」

と、ひどく驚いた様子であった。

先生はズバリ率直にものを言うところがある。

或る日お訪ねした折に、先生は真面目な顔で夫にこう言った。

「君は大した男だねぇ、人を顎で使うという話は聞くが、君は顎も使わないで、長い間、これ程の女房を掌の上で踊らせてきたんだからね。『どうせ貰うなら大女を貰え、二百十日の風除けに』という諺があるが、君は風除けを貰って成功したね」などと思い切った冗談を言って笑わせたりした。

社用で出張の度に旅先で、先生にお土産を買うのが楽しくて、行く先々の土地の名物をお届けするのが習慣になっていた。土産の品を持って訪ね、「今回は福岡の芥屋大門《けやおおと》で買った魚の乾物です」などと地名を述べると、先生は早速九州の地図を取り出して「此処だね」と確かめたりするのだった。「四国は鳴門の若布です」などと、度々お訪ねした。

或る時、籠入りの新高梨を、先生にお土産として買って帰ったのだが、仕事に追われて都合がつかず、今度の日曜日にはお届けしよう、また次の日曜日にお訪ねしようと、朝夕土産物の梨を気にして眺めながら、とうとう一カ月近く過ぎてしまったことがあった。

「先生、新潟から買って来た梨を届けそこねてしまいました。どうも日増し物になってしまって申し訳ありません」

と、お詫びの電話をした。すると先生は、

「腐ってもいいから持って来い」

と言うのである。お宅をお訪ねして、おそるおそる梨を差し出すと、先生は早速皮をむいて出しなさいと奥様に言い付けた。

奥様は、籠から梨を取り出して、これは無理、食べられる代物ではないという顔付きをされたが、先生の性格を知っている夫人は、命令口調の言葉に従って、むいた梨を大皿に盛ってテーブルに運んできた。

真っ白くて固い筈の梨の果実は色付いてやわらかく、その姿はみじめなものであった。

私は赤面した。こんなもの持参すべきではなかった、と後悔した。恥ずかしいと思った。

ところがである。先生は突然大きな声で、

「君は本当に正直者だ。気に入った。俺は嬉しいよ、有難う」

と言った。世の中にはお口上手、嘘上手、いろいろいるが、

「君の正直には参ったよ」

と言って笑われた。

先生の傘寿のお祝いにと、私が見立てた高島屋仕立ての着物をお届けした。

「うちの娘でさえこれほどには行き届かぬものを、本当に有難う」

と言って早速試着に及び、見せて下さった。

背が高く端正な面立ちの先生には、グレーに黒の縦縞が良く似合って、歌舞伎役者にも劣らぬ品格の容姿に見とれる程であった。

師弟という御縁があって以来、父とも慕い、長い間お世話になった先生である。

恩人、奇特の人

朝のラジオ体操の音楽が始まる六時十五分には、必ず私は家を出た。大崎にある

M社に八時出勤のためである。

バスの停留所を挟んで向かい側に米穀店があった。店主は几帳面な性格なのか、毎朝その時間に店の雨戸を開けるのだった。お互い偶然目が合えば「おはようございます」と挨拶する間柄であった。私はその店主S氏に少々引け目を感じているところがあった。それは月によって支払いが遅れることがよくあったからである。長く近所に住みながら言葉を交わすことは全くなかった。

ある時、米を配達に来た使用人の若者が、

「四人の子供を育てながら良く働きますね」

と語りかけてきた（当時は働く女性は少なかった）。

私は、

「お米と味噌の生活費を稼ぐためなら働きたくないが、夫の理想《ゆめ》を叶えさせたいの、私も夢を食べる獏《ばく》なのよ」

などと気取って見せたが、実は生活費のためが多分にあった。見栄をはっていたのだ。

それから五年も過ぎた頃のことである。バスを降りたとたん、急にバチバチと激しい夕立にあったので、バス停前の米店の店先で、雨宿りをさせてもらったことがあった。なかなか雨は止みそうになく、客も来なかったせいか、S氏がお茶を入れて出してくれた。

ようやく製品の目処が立ちはじめていたが、私も少し疲れていたように思う。お茶をいただいて、心が落ち着いたせいか、私の口も軽くなった。

「夢を見るということは恐ろしいものだ。そこまでは見えてもその先は見えない。私が計算に強い経理畑の女性であれば、海の物とも山の物ともわからぬものを、研究などとてもできるものではない。図面の仕事をしているので、夫の仕事も理解できる。計算にうといから、こんなに長い年月研究が続けられたと思う。乗りかけた船からはもう降りられない。波風にあっても乗り切るしかない」

と、こんな話をした。店主は黙って聞いているだけで、「大変でしょう」とも

「良くやるね」とも言わなかったが、黙って聞いてくれただけで、不思議に救われたような気がしたのだった。

結婚する男女は、昔から赤い糸で結ばれているというが、私たち夫婦にとってS氏とは金の糸でつながっていたのだろうか。

ある日S氏から夫に面会したいと連絡があった。二人は初めて対面した。その時、「男と男」の約束が結ばれたのだ。私はその席に立ち会わなかったが、S氏は「君に人生の最後の夢を賭ける」と言ったそうである。

現実には何の保証もない。「夢に賭ける」その言葉の中に、どれ程の思いが込められていたのか。S氏はすでに還暦を過ぎていた。夢を見るには遅すぎる年齢であった。

S氏は一千坪の土地を抵当にして融資するというのだ。その英断と決意は並々ならぬものがあったに違いない。

職人気質

患者が医者を選ぶことは、命にかかわる一大事であるように、何事も出会いが大切である。

製造過程に於いても、下請け業者を選ぶ、部品メーカーを選ぶなど、苦労は付きものである。しかし金型の製作の見積期間の長いのには閉口した。四カ月もかかるというのである。

目指す新製品に情熱をかけて、逸る心の我が身としては、何ともやりきれないものがあった。依頼したのは、値段は高いが良い金型を作るという評判の金型屋であった。

その年は例年にない厳しい暑さだったから、七月半ば、陣中見舞いと名目を付けて冷酒二本を下げて目黒にあるその会社を訪ねた。

社長は厳しい態度でこう言った。

「折角ですがこれは受け取れません。職人という者は、そうした下心で動くようでは正確なものはできない。ここでは職人気質でやらせている。その根性を曲げるようなことはできない。我が社はその主義で通している。急ぐ気持ちは良く解るが、私に任せて欲しい」

（ごもっともです。全く同感です）。こういう人もいるのだと、心底敬服した。待つしかなかった。

四カ月たって約束通り仕上がった型は、実に見事なものであった。社長の心意気と、職人の技が刻み込まれているその型は、二十年に亘る年月、我が社を支えてくれた。強力な財産となったのである。

異議申し立て

新製品を開発すると、類似品が出るのは昔からよくある話であった。弊社も特許侵害の異議申し立てについて、弁護士に依頼することになった。大先生は一流の弁護士で、法律事務所は銀座にあった。作り付けの頑丈な本棚には、法律書、紳士録、法律判例など、ぎっしり詰まっていて迫力があった。

若い先生も二人いて、女子事務員が応接室に案内してくれた。法律事務所とはこういうものかと、辺りを見回して先生の来るのを待った。

さすが東大出の品格も態度も堂々としていて大先生の貫禄十分である。この先生なら頼りになると思った。後に衆議院に立候補した程の人物である。事の次第と用件を告げると、先生は承諾されて一応話は済んだ。初対面であり、緊張している私をリラックスさせるつもりか、先生は、「大人のくせに法律を知らないから、こんなところに来るようになる」と冗談を言われた。

「先生、大人がみんな法律を知っていたら、先生の仕事は少なくなるでしょう。私はお客様ですよ」

「成る程面白いお客様だ」と先生は笑った。

昭和四十三年十二月のことである。弁護士から内容証明を受け取った相手会社は、事態が大きく発展すると、会社の面子に関わると考えたのであろう。

年末二十八日は仕事納めの日である。暮れの二十九日の夕刻、相手会社の部長が、代理人として自宅を訪ねてきた。当方の態度が大きいので、さぞ立派な家に住んでいるのだろうと勝手に思い込んだのか、随分苦労して探し当てたようである。私の家はその立派な家の裏側にあった。

部長は姿勢を正して、

「社の代理で参りました。問題を解決しないことには年が越せない。どうか本件を取り下げて欲しい」

と平身低頭した。

「奥さん」と小さな包みを私に押し付けて、「早く開けてみて下さい」と自信あり気に言った。私は全く受け取る気はなかった。だが、相手に悪いと思って、ゆっくり丁寧に包みを開けた。成る程大きな粒のメキシコオパールで、長めの立派なネックレスであった。

さすが大会社のやることである。いよいよ今年も後二日で終わるのだ。折角相手も気を遣ってきたのだからと思い、私も一応愛想良く、「本日はお役目御苦労様でした」と挨拶したので、相手は一応品物も受け取ったのだから、内心成功したものと思ったのであろう。

「では良いお年を」などと言って機嫌良く引き上げた。

年が明けて正月三日、私は年賀の挨拶を兼ねて、練馬にある部長宅を訪ねた。

私の突然の訪問と、昨年暮れ我が社を訪ねてくれた二十九日の一件もあり、部長は何事であろう、返答は如何と、一瞬戸惑いと不安の入り交じった表情をあらわにした。

私は心中を察して、改まって年賀の挨拶をした。しっかり部長の顔を見て、「この品はいただけません」と言って、丁寧にネックレスを返した。

「部長、この度の異議申し立ての件については、取り下げることにします。但し条件があります。貴社は一切類似品の製造は中止する、我が社の製品を貴社の強い販売力を以て協力することを約束する、とした上で和解することにしましょう」と結論を出して、私は部長宅を辞したのである。

三十年以上も前のことである。問題のオパールネックレスは果たして会社に、私の真意を伝えて戻されたものか定かでない。異議申し立ての一件は落着、類似品の製造は中止、販売の協力が得られたのは幸いであった。

スパークプラグテスターは時代にマッチしたヒット商品として、業界誌にも取り上げられ、ベストセラーとして、広く紹介された。ユーザーの信頼も厚く、その後、オイルショックなど、さまざまな時代を経て長期間にわたり愛用されるようになる。時運を得て、発展的に進行したのである。

謹告

スパークプラグテスター型式ＳＰＴ―一〇八の件

昭和四十一年十月十四日実用新案登録を出願しその新製品を開発し、昭和四十二年十月発売を開始しました。

以来各位のお引き立てにより今日まで二年二か月を経過しましたが、同四十四年六月五日付をもって念願の実用新案が確定しました。

その間、市販されていた類似品メーカー数社に対して実用新案権を侵害することになるので以後製造販売を中止するよう申し入れて来、その結果一部メーカーより権利侵害となることを認め、今後一切B&Sライフテスター型式BS—1を製造販売しない旨の謝罪回答がありましたのでここにお知らせ致します。なお残る数社につきましてはとるべき措置を準備中であります。

中川電機のスパークプラグテスターは今後実用新案登録第八八五六八号と明示し販売致すことになりました。

昭和四十五年一月十三日

中川電機製作所

東京都国立市国立三〇八

「類似品に御注意下さい。なお、お求めの際は実用新案第八八五六八号をご確認下さい」

これは昭和四十五年「日刊燃料油脂新聞」に出した社告である。競合他社との争いもあったが、何とか乗り越えてきた。また、スパークプラグテスターも、五年ももてば大したものよ、五千台も作ったら止めた方がいいよ、と本気で忠告してくれる人もいた。

メーカーとしては、全国の多くのユーザーから手応えを感じ取っていたので、五年どころか二十年続き、五千台で止めた方が無難だと忠告されたが三万台以上の実績を残した。業界では稀に見る「ロングセラー」と言う人もいた。

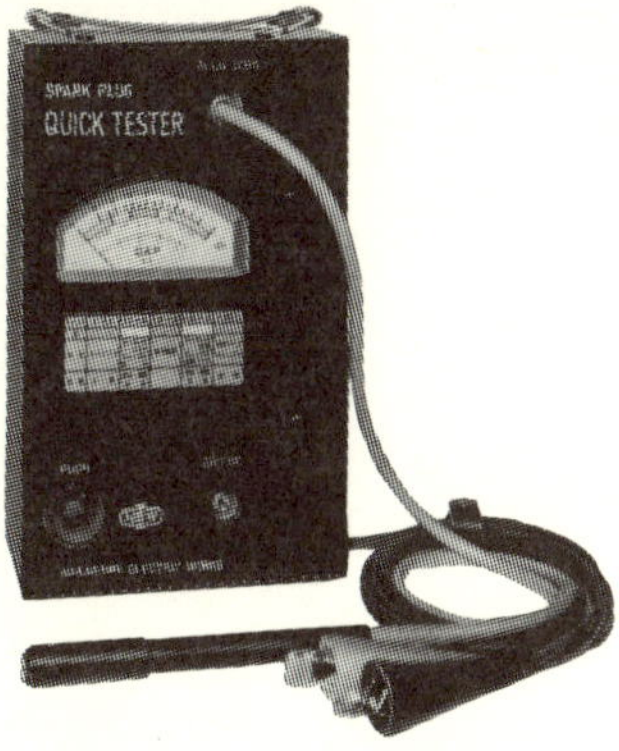

スパークプラグテスター

板谷教授

目蒲線大岡山駅から商店街を通り抜けた所に、東京工業大学はあった。銀杏の葉が美しく色付いて、秋空に映えていた。校門を入り校庭を横切って事務室に入った。受付で板谷教授に面会を申し込むと、早速教授室から、女子事務員が迎えに来られた。

長い廊下を通って、教授室に案内され、私は先生に名刺を渡して、丁寧に挨拶をした。

「どうぞ」と声をかけられて、テーブルをはさんで席に着いた。

早速用件に入り、

「実は夫が製品を開発したので、信頼できる筋に依頼して（特許品は特に秘密）六カ月の実用試験結果を見た上で、やっとカタログができました。御意見など伺いたいと思います」

と言って、刷り立てのカタログを教授に差し出した。

「貴女がカタログを持って、此処に私を訪ねて来られるまでの御苦労は大変なものだったでしょう。私にはよくわかりますよ」

と、初対面とは思えぬ優しい言葉で話をされた。

「見解としては、今後一家に一台という車社会が到来すると思うので時宜を得ている。ヒット商品になると思います。但し私個人の意見として忠告したいのは、販売店を選ぶ、これが大事です。総代理店の契約はしない方が良い。販売代理店は二本立て、または三本立てにした方が、お互いの競争もあって良い販売効果が得られるでしょう」

と、教えてくれた。その後で教授は次のような話をされた。

「第一回の文化勲章を受章した、陶芸家の板谷波山は私の父です。私は長男でしたから、父が世に出るまでの母の苦労を見て育ちました。貴女の苦労はよく理解できます。努力は必ず報われるものです。御主人を助けて頑張りなさい」

と、励まされたのだった。

ともかく、これらの方々の大きな力添えがあって、スパークプラグテスターはようやく販売の運びとなった。

第五章　中川電機の歩み

発売開始……

昭和四十五年三月、資本金三百万、製品名エンジン点火試験器、商品名スパークプラグテスター、有限会社中川電機を設立した。

業界新聞に新製品を堂々と発表した。

プラグはエンジンの心臓である。このテスターは従来難題とされていた、プラグによるエンジントラブルの発見になくてはならない商品である。

操作は簡単。判定は明瞭。価格は安い。携帯に便利。故障は少ない。

立派なうたい文句を並べて、特許の新製品スパークプラグテスターは、業界の注目を浴びた。

「前略、弊社は自動車整備機器の用品を扱う商社ですが、業界の新聞記事に、貴社の製品紹介を拝見し、非常に興味を持ちましたので、カタログその他、詳しい資料、至急送付願いたく御願い申し上げます」

N社の仕入部長から丁重な書類が届いた。それから数日後、大口注文書が続々舞い込んだ。富山、金沢、大阪、高松、立川、横浜、埼玉、松本、札幌、宇部、岡山、徳島、熊本、本社及び各出先支店に注文通り納品した。

昭和四十六年五月六日、その日空は青く晴れていた。国分寺のこのあたりではのどかに鶯が鳴いていた。

突然電話が鳴った。「中川電機さん大変です。N社が倒産しました。今二階からは机や椅子が投げ出されていて、このニュースを聞きつけた債権者も多数集まっている」と興奮している。

電話の主は十日前、我が社を訪ねてくれた人だった。その時の話では「N社は銀行管理で、危ないという世間の噂も聞いていたが、あれ程歴史のある、しっかりした会社だから大丈夫でしょう。今年も新入社員を採用して養成中のようだし、新入社員がみんな揃って、運動場で体操をしているのを見た」と言うのだった。

そのN社が倒産したのだ。この商社とは全く初めての取引であったから無念の思いは格別であった。新製品のための説明や、販売協力のためのキャンペーン費用、全国地方支店への商品発送梱包運賃まで、丸々不渡りとなったのである。売上請求金額は一千万円近いものであった。

倒産会社N社の債権者数は六百社に及び、特に有名なT社の被害総額は二億円に及ぶという話も聞いた。

債権者六百社の中でも、当社のように、今迄一切取引のなかった業者が全額不渡りの例は外には全くなく、哀れともお気の毒とも言いようがないと同情する人もいた。「初めから計画に乗せられた。謀られたのよ」と言う人もいた。故意か偶然か真相は定かでない。

私はとっさにプラグテスターの行方を思った。最後に納品したのは連休前の五月二日のことである。福岡の運送店に電話をして、東京から発送した四ヶ口プラグテスターを納品先のN社福岡支店には配送しないで、止め置いてくれるように必死の思いで電話をした。

連休明けのせいで出払っているのか連絡がつかない。もう手遅れかとは思ったが、未練もあった。五十万円程の納品である。

六日夜、私は、東京発十八時福岡行の夜行列車に乗って九州に向かった。N社福岡支店にたどりついたのは、翌七日の昼頃になっていた。

事務所も、倉庫も堅く施錠されていて、ひっそりと静まりかえっていた。

「東京の中川電機です。開けてください」と大声で呼んでみた。

人の気配がして、社員が裏口からソッと顔を出した。支店長にお目にかかりたいと申し出ると、奥の方に案内してくれた。

「こちら宛に五月二日発送したプラグテスター、三十二台四ケースが届いているでしょうか」と、確認に来たことを話すと、「今朝着荷したので入庫してある」と品物を指差した。支店長の話はこうだ。

「私が社長であれば、この分くらいは見逃してお宅に返送して上げたいが、私は宮仕えの身である、残念ながら何とも致し方ない、申し訳ない」

とただ頭を下げるのみ。

六日に倒産した会社がどうして七日に品物を受け取るの？　腑におちない。着いた荷物は入れて錠をかける。入れた品物は一切出さない。倒産とはこういうものかとわかって、潔くあきらめるしかなかった。

後日、業界紙「アンテナ」の記事には、

「五月六日、暗礁に乗り上げて、戦後何番目と数えられる大型倒産があった。具体的な裏づけの伴わぬ再建策なるものを出したり、ひっこめたりしたほかは、いまだに方途が定まらず、すでに三ヶ月という日時を徒らに費やしている。

倒産するわずか四十日前に、初めて取引をし、五〇〇台の納品をして、全額不渡りとなった小さなメーカーもある。

仕入担当社員が二人連れ立って、倒産後挨拶にきたそうだが、カケラほどの誠意を示す言葉もなく、ニタニタ笑いで時を過ごし、出された食事を平らげて帰ったという。古いノレンを誇った連中がである」とある。

再　起

歓喜は絶望にかわり、厳しい不渡りという現実にあって、世の中の仕組みに怒りを覚えはしたが、如何ともなす術はなかった。苦節十年の末資金の協力が得られて、やっと世に出た商品がこの始末である。

再起不能と見てとった業者の中には、「特許なんて盗った者の勝ち、盗られるのは間抜けさ」と弱みにつけ込んで、「今がチャンス」とばかり類似品を製造する者も現れたりした。

現在では特許法が変わったと聞いているが、当時はほかにも特許侵害の事例がよくあったようである。

それとは別に、納品先の各支店が、不払いの商品を「バッタ売り」と称して、二束三文の安値で売り捌くという、まさに泣き面に蜂の目に遭ったのである。ユーザーの信頼も得て、銀行の応援もあり、半年を過ぎて再起はしたものの、市場に安く出回った事実が災いして、正規の価格に戻すにはしばらく苦戦することになる。

最初の新製品、一ロット五〇〇台のプラグテスターを納品したばかりで倒産にあってからは、夫はしばらくやる気を失って無気力状態になっていた。「これはまずい、兎にも角にも売らねばならぬ」と奮起して、あわてて私の出番となった。営業は全く経験がなかったが、かってでるしかなかった。

「総代理店には任せない方がよい。販売店は二、三社くらいにした方が、お互いの競争もあって販売効果が得られる」と、板谷教授に聞いていたので、前回にこりて、慎重に選択して一流会社、三社と販売契約を成立させた。

毎年行われる、恒例の東京晴海会場に於ける「オートサービスショー」には必ず参加し、全国各支店、営業所七支店、四十余の営業所を回り、顧客の要望があれば、各地方で行われる展示会、売上実績を上げるために「キャンペーン」にと全力を尽くした。

「女性ながらもさすが」と味方する人も多かったが、中には、「日本中の金を独り占めする気か」と嫌味を言う人もいた。その頃の私の営業に対する熱の入れようは確かに常識を越えていたかも知れない。それは苦節十年にしてやっと世に出た自社の新製品であったからである。

嵐の中を連絡船に乗り継いで、北海道を回った旅もあった。空路九州に飛んだ日もある。混雑を避けて、早朝の東名高速道路をとばしたり、深夜の関越道をひたすら走りもした。文字通り東奔西走したのである。

夜明けを待って、早朝東京を出発した。国道四号線を走り続けて、七〇〇キロの道程の果てに、日も暮れる頃ようやく浅虫にたどり着いた。青森から翌朝七時、青函連絡船に乗って札幌に向かうのだ。

その日空は晴れて、海はおだやかであった。船中で、昔、洞爺丸の事故のあったことなどを思い出していた。

乗船してから四時間を過ぎた頃、船内が騒がしくなった。船上から立待岬が見えてきた。下船の準備だ。上陸だ。

函館から国道五号線を札幌に向かって走る。長万部から国道二三〇号線に入って、三〇〇キロの道程を、有珠山も、定山渓も横目で見ながら、五時間走り続けて、夕刻札幌の街に着いた。物見遊山の旅ではない。営業目的の旅なのだ。途中レストランで食事をとる以外は、少しの休みもなく、車を運転する人も大変なものであろうが、助手席に乗っている私も楽ではなかった。

いつも遠出の出張は、土、日を有効に使って、仕事は月曜日から始めるのが常であった。地方の出張先から戻って、訪問先の営業マンが全員集合するのが月曜日であったから、それが目的の一つでもあった。

札幌市街は北何条、南何条、東何丁目、西何丁目といった具合に区画整理されていて、碁盤の目のようになっている。車の多い街であった。不案内なこともあり、駐車場も見当たらず、目的の札幌支店に着いたのは、約束の時間を三十分も過ぎていた。営業マンが蜂の巣からブンブン飛び出したように出払った後、やっと駐車場が空いたのだった。

受付の女子社員に来意を告げると、二階の営業部に案内された。広い部屋に課長が一人、ポツンと座っているだけだった。ガッカリした。はるばる二日がかりで、海越え山越えしてここまで来たのだ。目的は果たさなければならない。せめてこの課長にだけは、しっかり話をしなければならないと真実そう思った。

駐車場が見つからなかったため、約束の時間に遅れたことを詫びて、名刺を渡し、

「我が社の製品の拡販についてお願いに参りました」

と挨拶をした。早速用件に入り、各地方別に製品の売上実績の例を挙げて、

「当支店が不調なのは、我が社の製品に対する理解が足りない。寒さの厳しい北海道にこそメリットのある商品なのだ。ユーザーに対するPRが足りない。取扱商品が多いといっても、営業マンに熱意があれば、ついでに一枚のカタログを渡す、一声かける、これがセールスだ。それが売上実績につながる」

などと、今にして思えば冷汗ものの口上を述べ立てた。

私の一方的な発言に対して、聞き手の課長にすれば、随分勝手な言い分をよくぞ申されると思ったであろう。しかし私は真剣そのものだった。

全く思いもかけず衝立の奥から、突然営業部長が現れた。

「実は今の話、始めから全部聞いてしまいました」

と、部長は言った。そして、当支店は本州の他の支店とは違い、冬が長く稼動期間が短い。面積は広いが、地理的に不便で効率が悪い。従って販売実績が良くないなどと事情を話された。更に雪道で車が故障したり、ガソリンが欠乏して渋滞した車を、自分の車から給油して助け合ったりすることもある、と土地柄故の苦労話をされた。

「貴女の話は、私と課長が聞くには惜しい話だ。支店の営業マン全員に聞かせたかった。私から良く伝えます。計画を立てて販売に協力します。遠いところ本当にご苦労さまでした。せめて夕食をご一緒に」

と言って、サッポロビール園に招待してくれた。

その日のことは、ビールの味も、ジンギスカン料理も、サッポロビール園の館内のにぎわいも、煙ただよう雰囲気も、ほろ苦い思い出として、今も心に残っている。

オートメカニカへの参加

このような私の東奔西走の間、夫も製品の改良に励んでいた。私たちの努力も次第に報われるようになり、売上げも段々に伸び、ユーザーの信頼も勝ち得るようになっていった。

プラグテスターを導入した会社の社長が、「自分はあまり興味も感心もなく、しばらくはほうっておいたが、使いはじめてこれにはびっくりした。今迄にない使い勝手の良さと、便利で頼りになる省力機器である。是非これほどのものが作れる会社なのだから、外にもいい製品を作って世に出してほしい」と、手紙をくれた。

「私は自動車整備工場で働いている者です。自動車整備、燃料油脂新聞、カタログの説明をよく読んで、仕事上どうしても買ってほしいと社長にたのんだが買ってくれないので、自分の貯金をおろして買いたい」という電話さえあった。年の頃は二十歳前の若者のように感じた。

「販売は代理店を通すことになっていて直売はできない約束になっているので、見本品として送ります。私にとっては子供より可愛いプラグテスターをそれほど気に入ってくれて嬉しいです。このことはほかの誰にも他言はしないように」と念を押して、約束通り見本品扱いで送ったこともあった。

その人はきっと大事に有効に使ってくれたものと思っている。

「社長と一緒に回って一日六台売った（これはすごい！）。今迄になかったことなので、今度そのプラグテスターを買ってくれたお得意さんに行った時『うまいこといってこんなもの売りつけた』と文句を言われるかと思って本当は怖かった。四、五日おいておそるおそる訪ねてみると、『あのテスターは大したものだ、安くてしかもよく役に立つ。お前もたまにはいいもの持ってくるな』と喜んでくれた」という現場のセールスマンの声も寄せられた。

昭和五十五年九月の「自動車新聞」には、〝一九八〇年オートメカニカの案内〟と題して、次のような記事があった。

「整備サービス機器、千三百社が参加、世界最大の見本市、オートメカニカ」が今年も九月十八日から二十三日迄、西ドイツのフランクフルトで開催される。

この「オートメカニカ」はまさに国際専門見本市となっている。単なる新製品の発表の場ではなく、商社活動が、ほとんど行われないヨーロッパでは、一カ所で商談ができるという大きなメリットがそこにある。

世界七十三カ国から約八万人の専用バイヤーがこの見本市を訪れる。ただのバイヤーではない。いわゆるサイン権のある重役、オーナーである。

この見本市がプロのための専門見本市であることを物語っている。この見本市の西独以外の出展企業を国別にみると、米国九十社、イタリア七十社、英国四十社、カナダ、フランスなどがおよそ三十社。ざっと、これらの国々でも、半分以上が占められているのがわかる。

なおわが国からの直接出展企業は、山田油機製造、日本ケミカル、中川電機、キングクラフト・インターナショナルなどで、現地出展としては、日立、東洋工業、パイオニア、サンヨー、オートラジオ、三菱自動車などが予定されている。

今回の「オートメカニカ」について現在十数社の視察ツアーが企画されている」

開業早々にして衝撃的な倒産に遭い、更に不払いの商品のバッタ売り、類似品の出回りなど、数々の試練に遭いながら、ユーザーの信頼も得て、順調に回復しはじめていたが、不渡りの決済もあって、当時の経営状態では無理、参加は不可能とあきらめていた。

しかし国内でこれだけ認められて、実績もあるのだから、自社商品の「プラグテスター」を世界の市場に持ち出して、実力、真価を問うてみる気になった。大会社ならば、重役会議、経理上経費の問題や意見交換など、まとまりにくいものであろうが、そこは小さな会社のいいところ。

「思い切って参加しましょう。費用は何とでもする」

と、言い出した私が仕掛人となり、世界最大一九八〇年のオートショーに参加することにした。

この思い切りの良さ、決断の速さには一つの理由があった。それは三男徹が、ドイツのフライブルクに留学中であったからである。展示会のついでに、三年ぶりの父子兄弟の御対面というおまけ付き。ドイツのライン下り、ロマンチック街道、ノイシュバンシュタイン城、イタリアのベネチア、スイスのマッターホルン登山など、ヨーロッパ旅行の考えもその中にあった。

その時夫は、六十半ばを過ぎていた。展示会終了後、二十日間に及ぶ父子のヨーロッパ旅行は、生涯心に残る思い出の旅となったようである。

後日の月刊誌「自動車機械工具」に次のような記事が載った。
「日本からはじめて出品参加した㈲中川電機が、会場第五号館に、自社製、スパークプラグコンディションテスターを出品した。厳しくなってきた排ガス規制に対応したテスターであり、その独創的な使い易い高性能テスターであるという点が、バイヤーから予想以上に注目され反響をよび、わが国のエンジン関係テスターの技術水準の高さを示した。

中川寅吉社長と次男浩（営業技術担当者）が出張、他に西独、フライブルク大学で勉強中の三男徹氏が通訳となって現地参加。三人で実演しながらの技術解説と商談など、来場バイヤーに対応した。特に三男徹氏はドイツ語以外にも、英、仏、伊語にも通じ、日本での学生時代には同製品の製造にもタッチしていた。技術的にも製品に精通しているので、通訳者がどんどん実演、質疑応答したので質問者は驚いていた。製品もていねいによく気をつかってあり、楽にテストできると評判もよかった。

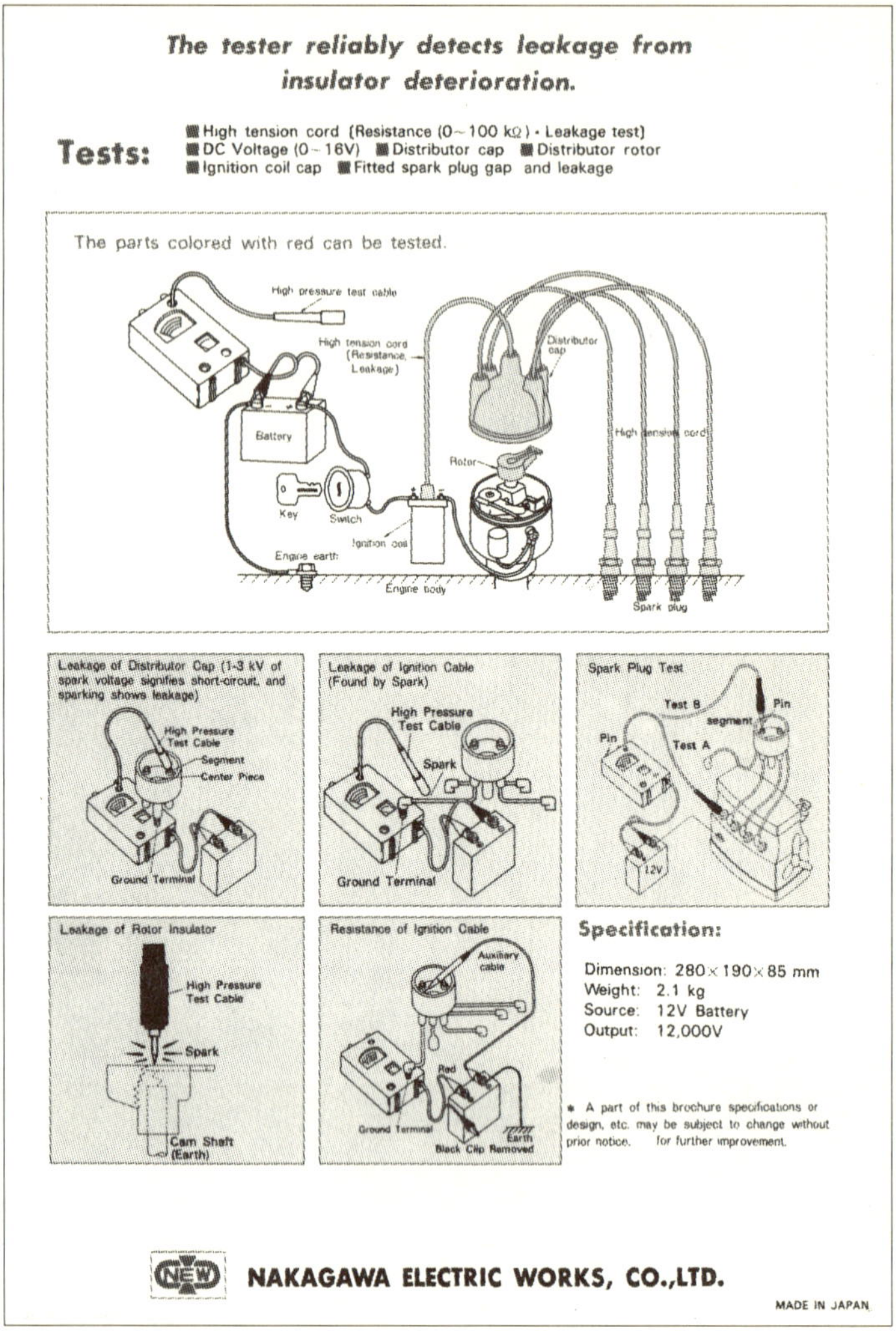
The tester reliably detects leakage from insulator deterioration.
Tests:
■High tension cord (Resistance (0~100 kΩ) • Leakage test)
■DC Voltage (0~16V) ■Distributor cap ■Distributor rotor
■Ignition coil cap ■Fitted spark plug gap and leakage
The parts colored with red can be tested.
High pressure test cable
High tension cord (Resistance, Leakage)
Distributor cap
Battery
High tension cord
Rotor
Key
Switch
Ignition coil
Engine earth
Engine body
Spark plug
Leakage of Distributor Cap (1-3 kV of spark voltage signifies short-circuit, and sparking shows leakage)
High Pressure Test Cable
Segment
Center Piece
Ground Terminal
Leakage of Ignition Cable (Found by Spark)
High Pressure Test Cable
Spark
Ground Terminal
Spark Plug Test
Test B
Pin
segment
Pin
Test A
12V
Leakage of Rotor Insulator
High Pressure Test Cable
Spark
Cam Shaft (Earth)
Resistance of Ignition Cable
Auxiliary cable
Red
Ground Terminal
Earth
Black Clip Removed
Specification:
Dimension: 280×190×85 mm
Weight: 2.1 kg
Source: 12V Battery
Output: 12,000V
* A part of this brochure specifications or design, etc. may be subject to change without prior notice. for further improvement.
NEW
NAKAGAWA ELECTRIC WORKS, CO.,LTD.
MADE IN JAPAN

展示品のカタログ（一部）

また欧州における販売実績が今まで全然なかったから、初めて見たと珍しがる来場客がほとんどだった。

外国バイヤーからの引合いも多かった。外国での展示出品は当社のような企業規模からみると経済的な負担が重く、それだけのメリット、効果があるだろうかと危惧される。

たしかに今回の場合、小間費二十万円、装飾費五十万円、商品の搬入運搬費、出張費、関税、英文カタログなど、直接、間接にかかる費用は予想以上に大きく、単品だけの展示という条件ではその経済負担は大変である。だが十分メリットがあり自信がわいたと中川社長は語っている」

思い切って多額な費用と社運をかけた、西独フランクフルト・オートショー参加は意義あるものとなった。帰国してからも更に信用と人気が高まり、販売が一段と盛り上がった。

夜の電話

昭和六十年頃だったと思う。静まりかえった事務所の電話が鳴った。夜も八時を過ぎていた。間違い電話かと思ったが受話器を取った。

「H社のMです。実は明朝早く出張なので、夜遅くなりましたが、連絡したいことがありまして」

と言う。その用件は短時間で済んだ。暫く間をおいてから、

「失礼ですが専務さんですか」

一応肩書はそうなっている。

「はいそうです、毎度御引き立て頂きまして有難うございます」

「最近久しく会社に来られないので、実は心配していました。御元気ですか」

「白髪女になりましたが、お陰様で元気にしております」

「かつて私が大学出たての新入社員であった頃、女性とはいっても中年の貴女が、

実にしっかりと営業活動をしているのを見て、感動したことを今も良く覚えています。当時若輩の私は、何のお役にも立てる立場ではありませんでしたが、あれから二十年近く経って、地方都市ですが支店長になって赴任しています。今ならお役に立てると思うので、こちらにおいでの節はお立ち寄り下さい」

「嬉しいお話有難うございます。何分今後共よろしく」

と、丁寧に挨拶をして受話器をおいた。しばらくは椅子に掛けたまま、その当時のことを、静かに思い出していた。

私は久しぶりに興奮した。その人に逢いたい。新幹線に乗って、明日にでもその地を訪ねてみたい。飛行機に乗って飛んで行きたいとも思った。

二十年前の私は、製品紹介と挨拶を兼ねて、全国七支店、四十余の営業所を回った。その時の慌ただしさ、忙しさに、懐かしささえ覚えている自分を感じた。同時に少しだけ老いを感じ始めていたのかもしれない。

廃業

平成三年は、私にとって大きな転換の年となった。会社を経営して、長年働き続けてきたのを終わらせる年となったのである。

マイカー時代、高度経済成長などと、歯車のようにただ振り回されてしまっただけではないかという思いさえ起っていた。三人の息子から見れば魅力のない仕事に見えたのであろう。著しい進歩の世の中では限界もある。未練もあったが、健康であるうちの七十歳を決断の時としたのである。

御挨拶

謹啓　陽春の候、貴社益々御清栄のことと存じます。弊社は二十余年間プラグテスターの製造販売を致して参りましたが、近頃の人手不足により外注の部品加工の入手が困難をきたし、又その他の事情もあって平成三年三月末日をもって廃業致しました。
長年の御引立てをいただき誠に有難く厚く御礼申し上げます。
末筆ながら貴社の益々の御繁栄をお祈り致します。
敬具
平成三年四月
東京都国分寺市戸倉一ノ十二
有限会社　中川電機
代表取締役　中川寅吉

こうして中川電機は静かに幕を下ろした。

ある時、融資をしてくださったS氏のところに挨拶に伺った。「二十年もの長い間本当にお世話になりました。夫の技術者としての理想が叶えられたことは貴方様のお陰です」と私たち夫婦は心から感謝申し上げた。

その時S氏は笑顔を見せて、「お礼を言うのは私の方です。一緒にいい夢を見た。十分誠意を尽くしてくれた。私も成功した。こちらこそお礼を言いたい、有難う」と言われたのだった。

卒寿を過ぎて、人生最後に大輪の花を咲かせたS氏は、平成五年天寿を全うして他界された。

O先生はすでに此の世になくて、この結果をご報告できなかったのは残念の限りである。ご冥福を祈るばかりである。

取扱店数社の中でも特に販売実績のあった浜松町にあるB社を訪ねて、ご挨拶に伺ったときのことである。

社長が先に声をかけて下さり、

「先日廃業の挨拶状を受け取りましたが、寂しかったです」

と言われた。

「社長、私のほうがもっと寂しいです」

と返すと、

「二十年前私が購買部長であった頃、あなたが新製品を持って売り込みにきたときのこと、よく覚えていますよ。無名の会社だとか、経歴が浅いとかは問題ではない。製品の価値こそ認めてほしいと熱心に説得していた」

と言われた。

私自身、そのとき、窓を背にして座っていた若い購買部長の姿も、相手の担当者の迷惑そうな顔さえも鮮明に記憶していた。

「長いことよく頑張りましたね、ご苦労様」とねぎらいの言葉をいただき、「こちらこそ本当にお世話になりました」とお礼を申し上げるのみだった。

第六章　休　息

ヨーロッパの旅

ドイツのフランクフルト展示会に出展したついでに、夫はヨーロッパ旅行をした。スイスのツェルマットから登山電車に乗って、千三百メートルの展望台から、マッターホルンを目の前にした時の感激を、私にこう話してくれた。

「長い間苦難の歳月を乗り越えて、自分はドイツで行われた展示会に参加したついでの旅で、今、此処に立っている。再び訪れることもないであろうと、感慨も一入であった」

ベネチアのサンマルコ広場では、息子徹が、「お父さん、この素晴らしい景色をお母さんに見せてやりたいね」と言ったそうである。父子の二十日間に亘るヨーロッパ旅行の話をいろいろ聞いているうちに、「私も必ず行ってみよう」と心ひそかに決意したのだ。

幼い頃父を失い、母に育てられた私は、年少の頃から母親思いの孝行娘の役をつとめてきた。結婚してからは夫のため、子供のため、我が身を捨てて尽くしてきたのだから「自分が自分に贈る『ご褒美』『勲章』のようなものだ」どうしても行ってみたいと思った。

好奇心の強い私は、昭和五十六年の秋、七カ国十六都市初秋の「欧羅巴ロイヤル十八日間の旅」を思い立ったのだった。

申し込んだ日本トラベルの旅行のパンフレットには、次のように書かれていた。

「ヨーロッパほど奥の深いところはないと言われています。知れば知るほど興味がつのり、その歴史、文化、味覚、人種に魅せられていきます。ヨーロッパへは数多くのツアーが実施されておりますが、今回の企画は本物の豪華ヨーロッパ旅行を求める方々のためにつくられた、デラックス周遊型のツアーであります。従ってその内容はすべてが豪華でゆっくりという基準から吟味されており、出発の時間、参加人員、ホテル、お食事内容、添乗員等厳しく選定されております。例えば出発の時期はヨーロッパが最も美しいと言われている秋。〈中略〉私共はこのツアーのためにヨーロッパ添乗経験三十回以上の本当のベテラン添乗員を配し、皆様にご満足いただけるよう、心を込めてお世話させていただく所存でございます。〈後略〉」

二十年以上も前のことである。当時は行きも帰りも、ヨーロッパ旅行はアンカレッジ経由であったから、北極圏の上空を飛んだときの感激は、今でも忘れられない思い出である。

七カ国、十六都市、十八日間のヨーロッパ観光旅行の旅は、見るもの聞くもの総てが素晴らしく感動的なものであった。

前日、成田を飛び立ち、アムステルダム空港に着いたのは、予定より少し早く五時頃だった。まだ夜明け前のアムステルダムの街並を走り抜けて六時頃風車のある広い草原に着いた。バスを降り立って束の間の出来事である。急に辺り一面に霧が立ち込めて、まわりは何も見えない。人影もなく音もなく自分一人だけの幻想的な世界になってしまった。しばらくして急に東の空が茜色に染まり、太陽が輝きはじめた瞬間、草原土手の向こうにある広い運河の川面から、一斉に季節外れの陽炎《かげろう》が立ちはじめたのだった。その見事さは「荘厳」というか、「神秘的」というか、喩えようもなく、しばらくは無言のまま此の世のものとは思えないこの素晴らしい光景に、私は見とれて立ち尽くしていたのだった。

浄土とは斯くもあらんかオランダの夜明けは澄みて水陽炎の中

ツアーの誰もがこのことについて何も語らなかったのは、言葉にならない心境だったといえるだろうか。

この光景は、その日見た風車、運河、国立美術館などより、今も私の心に深く染み込んでいる。

翌日から二日間はイギリスへ。誇り高い歴史の都ロンドンで大英博物館、バッキンガム宮殿。

四日目はイタリア。フォロロマーノ、コロッセウム、バチカン市国、スペイン広場などを見物。

五日目はナポリ、ポンペイ観光。ポンペイでは一九〇〇年前のベスビオ火山で埋没した古代遺跡都市の劇場、浴場などを見学。ナポリはサンタルチアなどで有名なナポリ湾に面した美しい都市であった。

六日目はデラックスバスにて、「太陽の道」を北上し、一路ルネッサンス文化の香りただようフィレンツェへ向かった。

その途中、添乗員が、

「この太陽の道は有名なアベベ選手が、裸足で走っていたマラソン練習のコースだった」

と説明してくれた。長いバス道中の間に添乗員が、

「皆様、この旅に参加された動機について、一人ずつお話し下さい」

と言った。現役のサラリーマンでは連続十八日の休暇はとりにくい事情もあって、多くは定年退職組の熟年夫婦が多かった。女性にしても仲のいい友人と二人連れが多く、一人旅は私だけであった。

中には以前ヨーロッパ旅行は一度したことがあるが、この度のツアーは、ホテルも食事も豪華でコースの内容も充実しているので参加したという人もいた。仲のよい二人の女性は、長いこと公務員をしていたがやめたので、ゆっくり旅をする気になって参加した。どうせ旅するなら豪華ツアーが気に入って参加したというものだった。

いよいよ私の番がきた。「私はもう六十歳を過ぎたけれども、今迄忙しく働き続けてきたので自分が自分に贈る努力賞のようなもので休暇をとってきた」こと、「もう一つには国際結婚した息子の嫁がドイツからきているのでヨーロッパとはどういうものか、ドイツとはどういう国か見たいとも知りたいとも思った」ことを話した。

それぞれ思い思いの話を終えた後で、運転手が「日本のお客様はよその国のお客様とは違って静かで運転しやすい」と言ったそうである。

ベッキオ橋、サンタローチ教会、ミケランジェロの丘などを観る。

旅はベニスの中心サンマルコ寺院、ゴンドラに乗りながらカンツォーネ鑑賞のゴンドラセレナーデと続いた。

次いでサンタルチア駅より国際列車アルペンエキスプレス一等車でオーストリアへ。チロルを経由、一路ドイツの古都、ミュンヘンへと、七日、八日目を過ごした。

翌日はヨーロッパ随一の美しさを誇ると言われるフッセンのノイシュバンシュタイン城。城からの帰りは馬車に乗って王侯貴族の気分。次いで、ヨーロッパ中世の雰囲気を最も残しているロマンチック街道を、アウクスブルクを経由して一路ローテンブルクへ。ローテンブルクの城壁に囲まれたレンガ色の屋根、街並、石畳はまさに中世が今に甦ったおもむきであった。

ロマンチック街道を一路、ゲーテの愛した青春の街、ハイデルベルクへ着いたのが十一日目であった。十二日目はライン河に面した小都市セントゴアハウゼンより白い豪華船にてライン河クルーズへ。歌にもなったローレライの岩、そして古城の多さに熱き中世ロマンが甦るリューデスハイムより、大都会フランクフルトを経て空路、森と湖のチューリッヒへ。

翌日は、登山電車にてアルプスの最高峰ユングフラウヨッホ登山へ。登山電車の始発駅から、マッターホルンの雄姿が遠くハッキリ見えた。その時、感動したという夫の話を思い出した。

旅もいよいよ後半である。専用バスにてアルプスの山々を縫ってモントルー、レマン湖畔のシオン城の見学。バイロンの詩にも歌われたその美しさは喩えようもなく素晴らしいものであった。

その時、上階にある王様のベッドが立派ではあるが、畳二畳ぐらいの小さなものに見えたので、王様はこんな小さい人だったのかと不思議に思って質問した。ベッドといっても足を伸ばして休むのではなく、靴を履いたまま天井の見張りの兵の合図があると、すぐ飛び起きて逃げられる姿勢で、つまり直角のような壁に寄りかかった格好で寝ていたそうである。

すぐ前方にある頑丈な大きな本棚はカラクリになっていて、グイッと裏返せば、そこは逃げる通路になっていて、いつでも逃げられるように、レマン湖にはいつも舟が用意してあったとのこと。

午後国際都市ジュネーブ到着後、世界一のスピードを誇るフランス新幹線、TGVファーストクラスにて一路、花の都パリへ。

十五日目は専用バスにてノートルダム寺院、サクレクール寺院、オペラ通り、ルーブル美術館見学。

サクレクール寺院を背にして、モンマルトルの丘に立って、見渡す限り広く続くパリの街を見下ろしながら、私は「再びは訪れることもないであろう」と感動して眺めていた。

その時、夫が先にヨーロッパの旅の折、マッターホルンを眺めて感動しながらもった、再びは訪れることもないであろうという思いを共有した。

十六日目は、専用バスにてルイ王朝の残した栄華極まりないベルサイユ宮殿をゆっくり観光した。夜はオプションでリドのディナーショーに参加したのだった。

「今夜はロイヤル十八日間の旅の終わりだから、化粧も派手にして陽気に出かけましょう」

と、添乗員が言った。それぞれ思い思いの支度で出かけることになった。

その夜私は、お化粧も丁寧にして裾の長い黒いドレスを身に着け、貴婦人のように気取って参加したのだった。ツアーの女性たちに「素敵よ」と声をかけられたり、ツアーの殿方にはひざまずいて「奥様お手をどうぞ」とダンスに誘われたりした。

リドの夜ダンス踊りぬ若くてあれば若くてあれば

心に残る最高に楽しい夜であった。

最終日はパリ十六時四十五分発、ヒースロー空港より成田に向かって飛び立った。無事、翌日十七時二十分帰国したのだった。

中国夫婦旅

平成三年廃業の時は、夫七十五歳、私は七十歳になっていた。半年も過ぎて気分的にも落ち着きはじめた頃、「暗いうちから起き出して、不平不満も口にせず、働いて働いて、夢と希望を大切に、働いて働いて、やっとここまで来たけれど、働くだけが人生か……」との思いが湧いてきた。先のヨーロッパの旅は、夫も、私も、それぞれ一人旅であったから、

「今度は二人で行きましょう。中国はヨーロッパとは違って近い国だから、今なら行ける。手続き一切、荷物も引き受けると条件付きで、『私という強い味方がついているから心配ない』元気を出して行くことにしましょう」

と夫を誘った。

「俺も年だから」と、一寸考えてから、

「行くなら中国の歴史を訪ねる旅にしたい」

と言った。それならと、夫の希望を入れて、成都、昆明、石林（雲南省東部にあるカルスト地形）、桂林、広州、香港八日間の旅に決めた。

その年の十月二日、成田国際空港を出発した。上空から初めて見る香港の街を見

下ろして感動を覚える。

海沿いに高層ビルの立ち並ぶ此処こそが国際都市香港なるか

映画「慕情」の舞台になったビクトリア・ピーク、極彩色の動物や建物がエキゾチックなタイガーバームガーデンを巡り、夜は豪華客船にて〝花の都〟広州へ。船中泊である。

翌日は、午前広州着後、入国手続きを済ませ、広州の街を見物。午後広州を発って、夕刻桂林着、宿泊は漓江飯店。三日目は桂林市内観光、景観を誇る独秀峰、蘆笛、月干山など名所を見物、昼食後、空路「三国志」で有名な古都、成都へ。宿泊は錦江賓館。

成都市内観光。望江楼公園、詩人杜甫が居住した杜甫草堂、成都最大の名刹文珠院、「三国志」で活躍した蜀の宰相、諸葛亮を祀る武侯祠など悠久の歴史を持つ成都は見どころ一杯で、夫はここが目的の中心であったから十分満足して、やっぱり来て良かったと述懐した。観光後昆明へ。宿泊は翠湖賓館、が四日目である。

翌日、中国二大景勝地のひとつ石林へ。左右の雲南省の田園風景はのどかであった。昼食後、全長二キロメートルのカルスト地形の巨石の林立する大景観を堪能した。最も高い石柱は三十メートル、奇岩、名岩にはそれぞれ名前がつけられていて、阿詩瑪の石峰は有名、眺望は望峰亭からが最高であった。宿泊は翠湖賓館。のどかな田園風景の中に、近代的な素晴らしいホテル。豪華極まりないシャンデリアの大ホールは外の景色とは全く異質で、不調和に思えた。

疳高き声はりあげて物を売る現地の女の暮しの業か（石林にて）

あかときの薄墨色の空遠く鶏声聞こゆ昆明の朝（昆明にて）

風景の中で、ロバに荷物を載せてのんびり歩いている農夫や、天秤を担いでいる農夫も多く見られた。添乗員が、「この風景は日本の五十年前の風景に見えませんか」と言った。私の子供の頃に見た農村風景を思い出して、その通りだと思った。

昆明湖の北岸にある龍門からのパノラマはまさに絶景であった。

昆明湖畔に遊園地があり、次々開発されていく勢いを感じて、この国の将来はどうなるのだろうと想像してみた。その時昆明湖の畔で添乗員からこんな話を聞いた。「ここで船遊びをしていた若者が、船が沈んで溺れかかって助けを求めた。まわりには大勢の人がいたが、その光景を見ているだけで助けようとする人がいなかった。すると、中の一人が、『いくらくれる』『いくらなら助けてやる』と言い合っている間にその若者は沈んでしまった」というのである。著しい進歩のこの国で、人情の薄い悲しい話を聞いたものだと思った。

午後空路桃源郷桂林へ。宿泊は漓江飯店。六日目も無事に過ぎた。

翌日は漓江下り。船着き場までバスで行き、ここから南の陽朔まで約五十キロの船旅。両岸には奇峰、奇岩の山水絵巻が次々と現れ、息をつく暇もない位である。此の世のものとは思えぬほどの絶景に我を忘れているうち、終点の美しい小さな町陽朔へ着いた。

若い頃思いもよらぬ桂林の秋の漓江を老夫と下れり

最終日は、広州発九広鉄道軟座車にて香港へ。香港に到着後、市内のレストランで小粋な中国ランチ、飲茶を賞味した。

特に広州の町は印象的であった。朝の通勤時間帯であったからであろうか。町中、広い道路が自転車の波、波、まるで洪水といった風景である。私達の乗った観光バスは、自転車をよけて道路の端を注意しながら走ったものだ。

八日間にわたる中国の歴史を訪ねる二人の旅は、無事終わった。

旅行中、こんなことがあった。私が荷物一切を引受けて行動するので、ツアーの殿方には、不思議に見えたのであろう。

「お宅の旦那は御養子さんですか」

と聞く人がいたのだ。

「どうしてですか」

「あまり貴女が良く尽くすので」と言った。

「お宅の旦那はいいな、うちなんかひどいものですよ」と言う人もいた。

私にとってはいつものことであったが、他人から見ればそう見えたのだろう。

ドイツに住む孫

「おばあさん、お誕生日おめでとうございます。お祝いにバイオリンを弾きますから聴いてください」

と、ドイツにいる孫娘から電話があった。

静かに流れる調べに聴き入っていた私も、あまり長く続くので、内心電話料が気になって、どうも有難う、もう結構ですと言いたかったが、曲の終わるまで言えなかった。

「嬉しかったわ、有難う、お上手ね」

とお世辞を言った。すると最近五百人の前で演奏したと言うので、「ミスはなかった?」と野暮なことを言うと、「ノーミス」とはっきりやり返された。お国柄というか、お人柄というか、実に明快な答えである。

孫のユリアは、昭和五十九年七月、鎌倉のS産婦人科病院で生まれた。私は生後二十日を待ちかねて、同じく鎌倉にある自宅を訪ねた。ユリアと初めてのご対面であった。透きとおるような白い肌、ほんのりとピンクの頬、神の子のように美しく輝いて見えた。うっとり見とれていると、

「お義母さん、どうぞ抱いてやって下さい」

と言って、嫁が私に孫を手渡した。

赤子を受け取った瞬間、笑うというのでもなく、不思議な表情、幻想的に口元をニッとゆるめて見せたのだった。

「はじめまして、おばあさん」

と挨拶したように思えて、私は感動した。

しばらくはしっかり胸に抱いたまま「この子の幸福をお守り下さい」と祈るのだった。

その頃は戦後とはいっても、アメリカとソ連の核におびえる恐怖の時代であった。


核の世を如何に生きるかみどり児の生後二十日の拳まさぐる

母はドイツ生まれである。来日して二年足らずである。多少日本語は話せたが、生活、文化習慣に不協和を覚えて当然である。嫁姑の立場にある私も気遣うところはあったが、嫁の彼女にはそれ以上のものがあったのであろう。彼女から妊娠の話を聞いたのは、五カ月も過ぎてからのことであった。

かたくなに便りは無くも妊れる嫁を気づかい襁褓《むつき》を送る

「私ドイツを捨てて日本にきました。でも日本はまだ私の国でない。私の国鎌倉です」

たどたどしい日本語で話す言葉が、私の心に沁みて胸を熱くした。

ドアの鍵廻す安らぎ此処こそは我が住居なり異国にあれど

ユリアの生まれたその年の夏は暑く、嫁は馴れない風土、気温や湿度に体調をくずしてしまい、産後の肥立ちが悪く、子育ては無理の状態であったから、ユリアの生後五十日ごろから母子を私が引き取って面倒を見ることになった。

習慣も性格も異なるものと覚悟はしていたが、それがなかなかのものだった。彼女は総て何ごとも正確をモットーとする主義で、徹底している。授乳も、入浴も育児教本通りなのである。あなた任せというのではなく、いちいち立ち会って確認するのでやりきれないところがあった。

「ミルクのお時間ですね」と聞くと、「一寸早い五分待て」なのである。

ところが親も親なら子も子なのだ。ミルクの時間五分前になると、ユリアが声ともいえぬ声で、フフフ、フフフ、とサインを出す。「ミルク五分前ですよ」と時計のように正確に予告発信するのであった。実に素敵なタイミングなのである。

嫁が私のところにきて、初めてF病院へ診察に行った時、

「貴女はどうして病気になったと思いますか」

と聞かれたそうである。

「先生、私は赤ちゃんの為に一〇〇パーセント、それ以上一二〇パーセント尽くしました」

と答えた。すると医師は、

「人間は機械じゃないから正確も結構だが、総て余裕を持って心懸けるべきだ」と注意されたそうである。

全くその通り、御明答です。同感です。賛成です。ごもっともです。私は正直、正確ということには辟易《へきえき》していた。しかし相手は病気なのだからと思いやって我慢の女になっていた。けれども日増しに成長する孫が愛しくて、なぐさめられていたのだった。私は母子のために心底献身した。

これ程に母にも娘にも尽したる覚えなきまで嫁の看護す

私はこの時、私を生んでくれた母にさえ、私が生んだ娘にさえこれ程の看護をしたことがないと思うのだった。

じっと空ろな目をして一人静かにソファに掛けて物想う嫁の顔は、天使のように見えたが、鼻の高いその横顔は魔法使いのように見えたりもした。遠い国の母を想い、寂しいであろう、悲しくもあろう、辛いであろうと、私はただ思いやるばかりであった。

ユリアはすっかり私になついてしまい、ママと間違えているのか、笑顔で喜ぶ仕草をしてご機嫌であった。

嫁が或る日突然、

「ユリアは私の子供です。私の大事な宝物です」

と言って、私の手から奪い取ったことがあった。よほど思いつめてのことであったのだろう。嫁はここに来て五十日経って、やや回復したので、ユリアは生後百日にしてパスポートを取り、母の国ドイツに旅立って行った。

私は母子のいなくなった広い部屋で、嫁が使用していたベッドに横になってみた。どんな思いで彼女は五十日をここで過ごしたのだろうかと哀れに思った。

その間嫁は、

「お義母さん、私の病気治るでしょうか」

と、幾度も私に話しかけたことがあった。

「病気は医者が治すものではない。自分で治すものよ。弱気は駄目、しっかりするのよ。自分で努力するしかないわ」

と静かに励ましたものであった。

この時私は六十半ばを過ぎていた。いろいろ思いめぐらしていたが、疲れていたのだろう、母子は今どこの空を飛んでいるだろうかと思いながら、うつらうつら眠ってしまったのだった。

後で聞いた話では、いつも美味しい特製のオレンジとニンジンのジュース入りミルクを飲んでいたユリアは、機中でインスタントの粉乳を飲まされる度に、プップッと口から吹き出して全く受け付けなかったそうである。イヤはイヤと、生後百日の子にしてはなかなか頑固なものであると思った。妙に感心もした。

その後半年ほど静養した母子は、健康を回復してドイツから鎌倉に帰ってきた。

ユリアが二歳半の頃、妹ソニアが生まれた。産院で初めて赤ちゃんに対面した時、

「この子は私が可愛がるから、パパとママは私だけを可愛がればいい」

と言ったそうである。

私はママが退院するまで、自宅で一週間ユリアを預かることになった。食事はメニューを持たされてきているので、正確にママの指示に従い、肥らせてはいけないと、注意書を守らなければならなかった。ある日、昼食にソーメンを用意して、テーブルに置くと、箸を付けてみて気に入ったらしく、

「上等なおソーメンですね、もう少しいいですか」

「あげたいけれど、肥るとママにしかられるから駄目よ」

「大丈夫、カロリーないから心配ないわ」

シラスを小皿に出すと、

「こんな小さな魚、かわいそうで食べられません」

と言ったりする。

散歩の道すがら、「ピンクのバラがきれいねぇ」と言うと、

「ピンクないよ、ローズでしょ」

一週間が過ぎて鎌倉に帰る日が来た。玄関でユリアがさよならを言うので、

「又来てくださいね」と言うと、

「もう来ないと思います」との御託宣であった。

最近訪ねてきた時、その話をすると、「それはない、それはない」としきりに照れていた。

鎌倉の自宅に帰ってからは毎日の電話なのである。

「こんにちは、おばあさん、お元気ですか」から始まり、礼儀正しい。

「何をして遊んでいますか」

「毎日同じことをして遊んでいます」

「風邪を引かないようにね」

「もう引いてしまいましたよ」

「それではクリニックね」

「いいえ自分で治します」といった具合なのだ。

二日後、「風邪治りましたか」と聞くと、

「半分治りましたが、半分まだ残っています」との御返事。こんな些細なことも、やがて彼女が成長した時のために「ユリア語録」として書き残しておこうと思うのであった。

ママはソニアに夢中で、毎日同じことをして遊んでいるというユリアのために、私は旅先から可愛いママゴト遊びの道具を買って帰った。本物志向の嫁には気に入らないかとも思ったが郵送した。ユリアから電話があった。

「ママゴト遊びしてますか」

「私は大好き、とても気に入っているが、ママは嫌いと言っている」

と言うのだった。二日後の電話では、おもちゃはママが捨てたと言う。私は一日でも二日でも楽しく遊んだユリアの心を察して満足するしかなかった。

毎日の電話なので、もうたくさんと思っているところへ又電話。しかも私の心を見抜いているように、

「ユリアの電話、毎日はうるさいですか、おばあさん」

という御挨拶なのである。うれしいわと言うしかなかった。

「おばあさん、今日散歩に行ったのよ。アジサイがとてもきれいに咲いていました。下の方は沢山咲いていたのに、山に上ると少ししか咲いていなかった」

と、観察は細かいのである。

「おばあさん、今日は東京の広尾にママがパーマに行くのでついていきました。パパとソニアは留守番。東京行きは電車が混んでいたのでグリーン車で行ったが、帰りは空いていたので普通車で帰りました」としっかりご報告なのである。

「おばあさん、今日私お使いに行ってパンを買ってきたのよ」

「えらいわねぇ」

「パン屋さんはマンションをエレベーターで降りて外に出ると隣なの。少しも偉くないワ。おばあさん、私もう五歳ですよ」

そうですかそうですか、成長したものだと思った。

ユリアは母の希望でドイツの教育を受けるため母とソニアと三人でドイツに行った。

フォルクスシューレに入学のため学校へ申し込みに行ったとき、七月生まれのユリアは、来年九月が正しいのだが、今年入学させたい、と相談したところ、

「ついて行けなければ落としますよ」

「それで結構です」

というわけで、一年繰り上げ入学を許可されたそうである。幸い、そのまま順調にギムナジウムに進級した。

成績簿はとても良いの1ばかり。なかなかのものである。先生のコメントによると、
・あなたは常に注意深く、優しい心を持っている。
・趣味も多く多才である。
・クラスの中心となって、正しい心で友人を導いている。
とある。

十歳の頃、母が用事を言いつけようとすると、ユリアは、「すみません、宿題がありますので……、バイオリンの練習をしなければ」と、要領よく逃げる知恵もつ

いたと聞いた。

十五歳になったユリアはキリスト教の儀式である聖餐式を終えたそうである。ある年の夏休みに日本に来たとき、「将来の目標は？」と聞いたところ、「精神科」か「心臓外科」の医者になりたいと言う。前年聞いた時は、建築家になりたいと言っていたから、次に来る時には何に変わるのだろうと思ってみたりした。

健康で、素直で、優しい性格である。ドイツ人としては髪の色が黒いと言われて気にする年頃になったようである。彼女は、遠慮深く、控えめな日本人的性格と、スバスバと意見を出すドイツ人的性格を持っている。

「幼稚園に行きたくない、ママと遊んでいる方がいい」と言ってぐずっていたソニアも、幼稚園に入ってみると、「ソニア、ソニア」が「ゾンネ（太陽ちゃん）」とニックネームで呼ばれる人気者になって、多くの友だちが出来た。楽しい集団生活の中で明るく成長したようである。

お父さん似のユリア、お母さん似のソニア。ソニアの性格はユリアによく似ていい子なのだが、そのうえ更に愛嬌があってなかなかチャーミングである。

米の国の父と、パンの国の母と、二つの国の国籍を持つ二人。成長してやがて立派な国際人になって、役に立つ人材になってくれるように期待している。

私は最近、『日本の浮沈を決める教育にメス』と題した本を読んで、日本とドイツの国柄について学んだ。それによれば、ドイツの子供にはゆとりがあり、若者も日本にくらべれば、大人だという。それに十八歳になれば自立すべく努力しているということだ。

これからも、二人の成長を楽しみにして、たまにかかってくる電話を待ちながら、ユリアのバイオリン、ソニアのフルートを、録音された音楽テープを聴いては懐かしんでいよう。

叔母のこと

常磐線水戸駅から仙波沼の畔を過ぎて車で二十分程の所に老人ホームはあった。訪ねたのは十月、秋酣《たけなわ》のころである。澄みきった青い空、紅葉する小高い山の中腹にその建物があった。駐車場も広く、近代的な白い壁、赤い屋根のこぢんまりとしたホテルもどきのたたずまいである。

玄関に入り受付の人に来意を告げると、訪ねる人は三階二号室と教えてくれた。磨き抜かれた床、天井の高い壁も清潔で、壁に掛けられた静物画も、ガラス越しに見える外の自然も、実に美しくさわやかに映った。

ところが突き当たり右側のエレベーターで三階に上がり、降りた瞬間、異様な光景に胸を突かれてしまった。

シーンと静まりかえった廊下には、最初人の気配さえ感じられなかったのに、落ち着いてあたりを見回すと、廊下の両側には上等のソファが置いてあり、右側には老婆が七、八人並んで座っていたし、左側奥には男の老人が二人座っていた。廊下右奥には二十九インチのテレビも備え付けてあるというのに、冷気が漂う風情で、物音ひとつない沈黙の世界であった。

喜びも悲しみも、涙も笑いも、言葉さえ忘れてしまった置物かお地蔵様のようにじーっとしているのである。この老人たちにもう話題はないのだろうか。それとも既に語りつくしてしまったというのか。過去の思い出も、息子や嫁に対する不満や愚痴も、家族や孫の自慢話もすっかり捨ててしまったのか。

もし話すことがないならテレビは如何。今となっては政治も経済も世界情勢も、私共にはもう関わりのないことだ。ドラマもサスペンスも総て経験済みなので、見たくもないというのか。それなら天気予報でも見てはと問わずとも、私の心の中では答えを察知することができたように思えたのである。

明日が雨であろうと、霰《あられ》が降って風が吹こうと、地震があろうと、強い台風が来て突然崖がくずれ、家が壊され洪水に流されたとしても何ほどのことがあろう。

「はいそれまでよ、それでいいのさ、ここそが私のついの住処なのだから」この同じ屋根の下に住む大勢の仲間たちと、言い争うこともなく、病むこともなく、一日が無事に過ぎることをひたすら願いながら、今日を生きるというのであろう。

写真にも書にも残せぬ一瞬を背負いて孤り無明に還らむ

の心境であろうか。

若者よ侮る勿れ我の来た道
若者よ蔑む勿れ我の行く道

養老院という暗いイメージではなく、名称は老人ホームとなったが、近代的な建物、整った設備も、そこに老いの身をまかせる哀しみは、昔も今も変わらないのであろう。

目的の三〇二号室には叔母がいた。

子の無くて老人ホームの人となり戸惑いばかりの今日も暮れ行く

何不自由なく贅沢に暮らし、一見幸福に見えた夫婦だったが、一人残された八十三歳の叔母は、親戚の者がいくら引き留めても決意が固く、覚悟を決めて入園した。一カ月も過ぎたせいか、少し落ち着いた様子であった。

「お元気そうで」

「遠いところを訪ねてくれて有難う」

型通りの挨拶を交わした後、しばらくは無言のまま見つめあっていたが、心の中は十分通うものがあった。

婆さんよすぐには来るなと言い遺し老夫は逝きぬ寒の二月に

建国の日には、年に一度の国見会と称して従兄弟同士一堂に会して宴席を持つ。年長の叔父はその日を楽しみにしているはずなのに、欠席はおかしいと、会を早めに切り上げて、一同が叔父宅を訪ねた。

姪や甥を含め多数でお見舞いに顔を見せたので、「よく来てくれた」と嬉しそうに迎えてくれた。

「風邪を引いたせいだろう、ここ二、三日好きな酒が呑みたくない」と淋しそうに目を伏せた。

「春が来て又暖かくなったら元気になりますよ。くれぐれもお大事に」と念をおすと、

「お前達も元気でな」

と言ってわかれたが、これが最後の会話となった。

それぞれが車で西へ東へ帰宅した時には、既に訃報が届いていたのである。

昭和六十年二月十一日、国見会を待っていたように、その日叔父は黄泉の人となった。享年八十八歳、米寿を祝って間もなくのことであった。

昭和六十年の暮、一人残された叔母は老人ホームに入園した。勝手気儘の許されない、規則正しい集団生活に慣れるまでは、戸惑いも多く淋しい思いもしたであろう。

環境にも慣れ親しみ、園関係者の親切な看護もあって、七年間お世話になった老人ホームで平成四年、九十歳の長寿を全うして他界した。

老人問題については課題も多く、新聞記事やテレビで見て色々と考えないわけで

はなかったが、わずかな時間でも、実際に自分の目で見ると、また別の思いも湧いてくる。

あれから十余年経って、今八十三歳になった私は、自分自身を見る思いがするのである。

生年月日

昭和四十年頃のことである。秋も冬に変わる季節であった。帰宅した夫から「今日偶然、思いがけず友人のK氏に会ったが、君に是非逢いたいと言っていたから、訪ねるように」と言われた。私に逢いたいというK氏は、内助の功よろしく成功したと噂の高い会社の、社長である。

数日後私は、新橋にあるその会社を訪ねた。

社長はゆっくりお話がしたいので、食事を御一緒にと言って料亭に案内された。

話は、最近最愛の妻を亡くしたこと。事業の片腕として頼りにしていた、力を尽くしてくれた妻だったのに残念だ、寂しい心の内を是非貴女に聞いて欲しかった、ということだった。

家政婦はいるが、ワイシャツの釦が取れていても、気がつかない。中学三年の娘も役に立たないと、不自由なことを愚痴ったりした。

最後は箱根の高級ホテルに一カ月療養させた。付き添いの看護婦も一流の人を付けた。当時一日一万円と言っていたから、大変なものだったろうと私は思った。

奥さんは四十五歳の若さであった。この世に未練も多く、別れの辛さも如何ばかりであったかと、察するに余りあった。最後の言葉は「夫は冷たい男だ」と看護婦の手を握って逝ったそうだ。社長は別れには立ち会えなかったという。

私の察するには、一人高級ホテルで療養するよりも、最後まで夫や子供と同じ屋根の下で、過ごしたかったのではないか、それが無理なら、せめて近くの病院に入院して毎日見舞って欲しかったのではないか、本人はそれを望んでいたのではないか、ということだ。

女心を知らない、思いやりの足りない男だ。箱根に一週間に一度の見舞いでは、その「冷たい男」の言葉の中に、多くの思いがこもっていると思った。

夫の夢と理想を我が身のものとして、若い頃から精一杯生きてきた妻は、力尽きて命果てたのだろうか。夫にも子供にも、伝えられなかった本当の気持ちを抱いて一人無明に還ったのであろう。

話が終わる頃、「ところで奥さん」と急に社長が座り直して、「貴女は何歳ですか、何年生まれですか」と、しつこく聞くので、正直に答えると、「そうですか」と言って、ひどく驚いた様子であった。

「実は亡き妻と貴女の生年月日が全く同じなのでびっくりした。貴女とこうして話していると、家内と会っているようで懐かしい気がする。今日は本当に有難う。また訪ねて下さい。ご主人によろしく」

と、呟くように言った。お元気でと言って別れた。それから三カ月経って訪ねた私は、社長の隣に並んで仕事をしている女性を見た。

その年の暮、私は国会議員会館に、ある代議士を訪ねた。初対面である。まず名刺を渡して挨拶をした。するとその先生は「オヤ」という顔をされたのである。用件の済んだ後、ここでまた「貴女の生年月日は」と聞かれた。

大正九年三月（弥生）三日、節句のひな祭りの日の生まれである。

「私は名刺を見た時、家内と同じ名前なので一寸気になったが、生年月日と名前が同じとは珍しいことですね」

と、先生は言った。私と名前も、生年月日も「全く同じの夫人」は政治家の妻として、選挙の応援には、地元の票を固め、奥様の努力や人気が、先生を支える大きな力となった。教養も品格も、立派な女性であった。

同じ生年月日に生まれた人は、世間に数多くいると思うが、偶然にもこうした出会いは珍しく不思議なご縁と思っている。

夫人は先に、先生は後を追うように、二人は故人となった。ご冥福を祈る。天上の人となってもう数十年になる。

前者は社長夫人として財をなし、四十五歳で亡くなった。

後者は大臣夫人となって、名誉を残して、六十三歳で他界した。

財もなさず、名誉も持たない私は、命を与えられて八十三歳の今を生きている。


時代は変わった。物不足の時代を生きてきたことは、忘れられてきている。

しかし歴史は繰り返されるのであろうか。過去の事件の記憶がよみがえる。

昭和二十八年、不況、企業倒産、失業者続出。

昭和四十年、山一證券経営危機。

昭和五十二年、毒入りコーラ殺人事件。

昭和五十八年、戦後最長の不況といわれた。東証株価大暴落。

物が溢れ、豊かと言われるこの時代にも悩みは多く、親子関係の崩壊、夫婦の離婚、青少年の非行など、新聞テレビで目にすることが多い毎日である。修身教育を受けて育った私は、

もう少し　ゆとりがあったら
もう少し　思いやる心があったら
もう少し　我慢ができたら
もう少し　感謝の心があったら
もう少し　話し合っていたら
と考えてみると、もめごとにならないと思う。

あとがき

松下幸之助の遺した言葉に「製品は我が娘、お得意様はかわいい娘の嫁入り先」という名言がある。

我が身に喩えれば、プラグクイックテスターは我が息子、納め先の工場に養子にやったようなものである。

「大事にされてしっかり良く働きましたか、故障もせずに丈夫で長持ちしましたか」と、語りかけたい思いである。

平成三年廃業してしばらくの間、なぜやめたのか、在庫はあるか、と全国から度々電話があって、その都度「申し訳ありません。在庫がないので」と丁重に断ってきた。

十年も経った平成十三年秋のことである。

「三十年前に買ったプラグクイックテスターが破損したので在庫がありますか」

と、大分県の会社の社長から電話があった。

「失礼ですが何歳ですか」「五十歳です」「では二十歳の時にお買い上げ頂いたのですか」と聞くと、「父が五十歳の時に買ったもので、ずっと使ってきました。父はもう八十歳です」と言うのである。「売品としてはもうありませんが、記念品として数台手元に残しております」と言うと、是非欲しいとのことであった。

親子二代で使用してくれるということの感激。喩えようもない喜びであった。早速お届けした。

このことがあってから、全国に三万台を越える販売実績を持つプラグテスターにかかわっていただいた製造会社・商社・セールスマン・ユーザーの方々に、私たち夫婦が製品開発にどれだけ心血を注いだか、また多くの協力をしてくださった方々に心から感謝していることをお伝えしたい、という思いが湧いてきた。

これが本書をまとめた第一の目的である。

人の幸せは、息を引き取る時に〝己の人生に納得〟し、心の安らぎを得られるかどうかで決まるという。

あるとき、義姉さんが、

「寅（夫）は貴女が結婚してくれたので男になれた。貴女が〝寅を男にしてくれた〟本当に有難う」

幾星霜を経て

と言ってくれた。私こそ自分の働く場を与えてくれた夫に感謝している。

自分、そして私たち夫婦が二人三脚で、知恵と力を出し合い、助けあって夢を追い続けてきた、その歩みを振り返ってみようと思ったのは、七十路をすぎてからのことである。また仕事に追われ、自分を見詰める余裕さえなく、日々の生活に忙しすぎて、母と子が十分に会話を尽くしていなかったようにも思えたのである。子供や孫たちが少しでも私たちの一面を知ってくれたらとの思いもある。

これが第二の目的である。

同時に、世の若者たちに、あなたのお父さん、お母さん、お祖父ちゃん、お祖母ちゃんも、こんな時代を懸命に生きてきたのですよ、ということが、少しでも伝われば、これに過ぎる喜びはない。

これがこの本の第三の目的である。

平成十五年七月

中川　あさ

著者プロフィール
中川 あさ（なかがわ あさ）
大正9年茨城県常陸太田市に生まれる。
日立製作所、三菱電機などに勤務後、
夫とともに中川電機を設立。

夢追い人生

2003年12月15日　初版1刷発行

著　者　中川 あさ
発行者　瓜谷 綱延
発行所　株式会社文芸社
〒160-0022　東京都新宿区新宿1-10-1
電話　03-5369-3060（編集）
03-5369-2299（販売）

印刷所　東洋経済印刷株式会社

ISBN4-8355-6760-9 C0095